KB114031

ALCHEMIST

알케미스트

FUSION FANTASTIC STORY

시이람 장편 소설

알케미스트 11

시이람 장편 소설

초판 1쇄 찍은 날 § 2016년 6월 17일
초판 1쇄 펴낸 날 § 2016년 6월 24일

지은이 § 시이람
펴낸이 § 서경석

편집책임 § 고승진
디자인 § 이혜정

펴낸곳 § 도서출판 청어람
등록번호 § 제387-1999-000006호
등록일자 § 1999. 5. 31
어람번호 § 제1-2460호

주소 § 경기도 부천시 원미구 부일로 483번길 40 서경B/D 3F (우) 14640
전화 § 032-656-4452 팩스 § 032-656-4453
http://www.chungeoram.com
E-mail § chungeorambook@daum.net

ISBN 979-11-04-90850-7 04810
ISBN 978-89-251-3165-8 (세트)

ALCHEMIST

알케미스트

FUSION FANTASTIC STORY   11   시이람 장편 소설

CONTENTS

CHAPTER
01

대마법사

ALCHEMIST

뿜어져 나온 마기가 공중에 떠올라 버둥거리는 제프리를 뒤덮었다.

안이 보이지 않는 마기 속에서 무슨 일이 일어나고 있는지 뼈가 뒤틀리고 근육이 찢어지는 소리만 연이어 들려오고 있었다.

창준은 이대로 가만히 두고 볼 수 없다고 생각했다.

'반푼이이던 그놈들이 괴물이 되고서 보여준 걸 생각하면……'

그가 봤을 때 제프리는 정확하지 않지만 최소 5서클 흑마법사였다.

반푼이 4서클 흑마법사들로 만들어진 괴물 하나가 보여준 힘은 압도적이었다.

그런데 5서클 흑마법사로 만들어진 괴물이라면…….

창준은 마기로 뒤덮인 제프리를 향해 지체하지 않고 마법을 사용했다.

저 마기 속에서 괴물이 튀어나오기 전에 처리하는 게 최선이라 생각했기 때문이다.

"익스플로전!"

콰콰쾅!

마기로 뒤덮인 제프리가 있는 부근이 밝게 빛나기 시작하더니 거대한 폭발이 일어났다.

듀라한들마저도 한 번에 재로 만들어 버린 6서클 대규모 대인 마법이 다시 펼쳐진 것이다.

하지만 뿌연 연기가 흩어지자 전혀 타격을 받은 것 같지 않은 마기 덩어리가 보였다.

6서클 마법을 맞고도 아무런 일이 없다는 것처럼 끔찍하게 꿈틀거리고 있었다.

멀쩡한 마기 덩어리를 보고 당황한 창준은 빨리 저걸 없애 버려야 된다는 생각에 확신을 가졌다.

서둘러 마기 덩어리를 향해 달려가 마법을 난사하려던

창준은 마기에서 일어나는 변화에 움직임을 멈췄다.

요란하게 꿈틀거리기 시작하던 마기 덩어리에서 갑자기 거대한 팔과 다리가 튀어나왔다.

거무스름한 피부의 팔다리는 하나하나가 거의 창준의 것만 같았다.

'제길, 늦었다.'

마기는 순식간에 줄어들더니 마기 속에 있던 괴물의 나머지 몸과 머리가 밖으로 드러났다.

런던에서 나타난 괴물과 거의 흡사했다.

크기가 더욱 거대하고 눈이 두 개가 아니라 이마에 어린아이가 장난 삼아 붙인 것처럼 마구잡이로 네 개가 더 생겨났지만, 그걸 제외하고는 외형적으로 런던의 괴물과 다를 것이 없었다.

괴물의 눈은 아직 감겨 있었는데, 마기는 괴물의 코와 입으로 빨려들어 가고 천천히 지면에 내려섰다. 괴물이 갖고 있는 여섯 개의 눈이 떠졌다.

번쩍!

단지 눈을 떴을 뿐이지만 눈에서 나오는 붉은빛이 너무나 섬뜩했다.

그 눈과 마주친 창준은 자신도 모르게 피부가 닭살로 변해 버렸다.

괴물의 눈빛에서 느껴지는 포식자의 기운이 창준의 본능을 자극하고 있었다.

우두두둑!

괴물이 주먹을 쥐면서 위압적인 소리가 들려왔다. 창준은 황급히 자리를 피했다.

그가 급하게 움직인 이유는 설명할 수 없었다. 그저 본능이 이대로 가만히 있으면 안 된다고 비명을 질렀기 때문이다.

창준이 움직임과 동시에 괴물의 몸이 흐릿하게 변한다 싶더니 괴물이 그 자리에서 사라지고 창준이 있던 자리가 박살 났다.

콰쾅!

방금 전까지 창준이 있던 자리에는 괴물이 서서 지면에 주먹을 박아 넣고 있었다.

창준은 괴물이 움직이는 걸 흐릿하게나마 볼 수 있었지만, 올리비아는 괴물의 움직임을 전혀 보지 못했다.

거의 본능적으로 위기를 모면한 창준은 괴물을 질린 눈으로 바라봤다.

이전에 상대하던 괴물과 비교할 수 있는 수준이 아니었다. 이건 이전 괴물 수십 마리보다 더 위험했다.

'…저런 놈을 내가 죽여야 한다고?'

자신이 저 괴물을 죽일 수 있을지 자신이 없었다. 문제는 도망칠 수도 없다는 사실이다.

좀 전의 움직임만 봐도 자신보다 빠르면 빠르지 절대 느리지 않았다.

그런데 괴물의 시선이 창준을 향하고 있지 않았다. 괴물은 무엇 때문인지 올리비아를 바라보고 있었다.

'설마……'

괴물이 다시 흐릿하게 변했다. 창준은 괴물이 노리는 게 올리비아라는 걸 알아챘다.

올리비아는 여전히 주저앉은 상태로 괴물을 멍하니 바라보고 있었다.

괴물이 자신을 노린다는 것조차 인지하지 못한 것 같고, 사실 그녀가 알아챘다고 하더라도 어떻게 할 방법은 없었다.

이를 악문 창준은 지면을 박차고 올리비아를 향해 뛰쳐나갔다. 그의 움직임은 괴물과 비교해도 전혀 손색이 없어 보였다.

넋을 잃고 있던 올리비아는 괴물이 자신과의 거리를 0으로 만들고 나타난 걸 보고 소리를 지르지도 못했다.

올리비아가 이해하고 놀랄 시간도 주지 않고 괴물이 사람만 한 크기의 주먹으로 그녀를 박살 내려고 했기 때문이다.

'이게… 끝이야? 난… 이렇게 죽는 거야?'

괴물이 자신을 죽이려는 걸 보고 가장 먼저 든 생각이다. 저 거대한 괴물의 주먹은 그 어떤 것이 앞을 막아도 박살 내고 그녀까지 같은 꼴을 만들 것 같았다.

하지만 괴물이 올리비아를 향해 주먹을 내려치려는 그때, 창준이 괴물의 허리에 미식축구 태클을 하듯이 밀고 들어왔다.

창준 역시 사람의 수준을 넘어 무인에 육박하는 신체적 능력을 갖고 있었고, 몽크의 기술을 통해 마나로 근력과 민첩성, 방어력을 높이는 방법을 알았다.

심지어 지금 그는 헤이스트와 같은 보조 마법으로 신체적 능력을 극대화시키고 있는 상태였다.

괴물에 비하면 절반의 크기도 되지 않는 창준이었으나 그가 전력으로 태클을 걸자 괴물과 창준은 서로 뒤엉켜 근 십여 미터나 굴러갔다.

"그, 그레이트 실드!"

겨우 구사일생한 올리비아는 소용없을 걸 알면서도 창준이 준 아티팩트를 이용해 그레이트 실드를 사용했다. 지금은 이것이 그녀가 할 수 있는 전부였다.

태클을 한 창준이 괴물을 바라보자 자리에서 일어선

괴물이 무시무시한 눈빛으로 그를 노려보는 게 보였다.

올리비아가 죽을 위기라는 걸 알고 자신도 모르게 달려든 창준은 괴물의 섬뜩한 눈빛에 몸이 떨려왔다.

'어차피… 피할 수 없어!'

창준은 떨리는 몸을 진정시키고 눈에 힘을 주며 괴물의 눈을 같이 노려봤다. 그러자 괴물이 창준을 보며 천지가 울리도록 괴성을 질렀다.

크아아아아아아!

괴물의 괴성에 창준의 몸이 지지직거리는 소리를 내며 뒤로 밀렸다. 음파 공격의 수준을 뛰어넘어 유형의 힘이 되어버린 수준이었고, 괴물의 괴성에서는 짙은 마기마저 풍겨 나오고 있었다.

마기가 섞인 음파 공격에 몸이 저릿한 걸 느끼며 숙인 고개를 들어보자 맹렬한 속도로 괴물이 달려오는 게 보였다.

자신을 방해한 창준을 단숨에 때려잡으려는 의지가 맹렬해 보였다.

창준은 괴물을 피하기보다 마법 공격을 선택했다. 올리비아가 지켜보고 있다는 건 알고 있으나 용언 마법에 대해서 숨기다가 자신이 죽을지도 모르는 상황이니 어쩔 수가 없었다.

"윈드 프레셔(Wind pressure)!"

6서클 마법인 윈드 프레셔는 바람으로 만들어진 벽을 이용해 피시전자를 압축시켜 죽이는 잔혹한 마법이다. 잔혹한 만큼 그 위력이 강한 건 당연했다.

괴물은 자신의 앞을 가로막은 바람의 벽을 향해 주먹을 휘두르려고 했다.

그러나 그의 좌우는 물론이고 하늘에서도 바람의 벽이 떨어져 내리자 주먹을 휘두르지 못하고 팔과 다리로 바람의 벽을 막았다.

6서클 마법의 강대함은 말할 것도 없었다. 어지간한 건물 하나는 6서클 마법 한 번이면 간단하게 박살이 난다.

괴물은 이런 강대한 6서클 마법을 순수한 완력으로 버텼다. 비록 힘에 부치는지 바람의 벽을 막고 있는 팔과 다리의 관절이 굽혀지고는 있으나 그 정도만으로도 충분히 경악스러울 정도였다.

팔과 다리 관절이 거의 절반 정도 굽혀지고 이제 곧 바람의 벽에 압착되어 핏덩이가 될 것 같던 괴물의 눈이 이글거리기 시작했다.

그러곤 괴물의 몸에서 마기가 흘러나오더니 괴물의 몸이 더욱 탄탄하게 변하기 시작했다.

'저걸… 힘으로 버틴다고?'

믿을 수 없는 광경에 창준의 얼굴이 경악으로 물드는 순간, 괴물이 바람의 벽을 힘껏 밀어내며 박살을 내버렸다.

창준은 괴물이 다시 자신을 향해 달려들자 서둘러 괴물을 피해 몸을 움직였다.

쾅! 쾅! 쾅! 쾅!

빠르게 움직이며 괴물의 주먹을 간발의 차로 피하면 괴물의 주먹이나 발이 창준이 있던 자리에 수류탄이 터진 것 같은 구멍을 만들었다.

창준은 괴물의 공세를 간신히 피하며 바삐 움직이면서도 마법을 연속해서 사용했다.

그가 사용하는 마법들은 거의 모두 5서클까지의 마법이었다. 하지만 5서클 마법까지는 괴물에게 어떤 타격도 주지 못했다. 저 서클 마법은 마치 괴물의 피부에 부딪치고 튕겨져 나가는 것처럼 보일 수준이었다.

그나마 조금이라도 괴물을 움찔거리게 만든 건 여러 가지 속성을 조합한 마법이었다.

'6서클 마법으로만 싸워야 해.'

그건 어렵지 않았다. 어차피 용언 마법이라 캐스팅이 필요한 것도 아니었으니까. 그러나 윈드 프레셔를 부숴

버린 걸 생각하면 몇 번의 6서클 마법으로는 쓰러뜨리기 쉽지 않을 것 같았다.

당연한 얘기지만 6서클 마법은 상당한 마나가 소모된다. 그런 만큼 6서클 마법을 저 서클 마법을 사용하는 것처럼 펑펑 사용하면 괴물을 쓰러뜨리기 전에 창준이 쓰러질 가능성이 있었다.

그러니 그냥 마법을 사용할 수도 없었다. 약점을 찾아야 했다.

창준은 자신을 노리는 괴물의 주먹을 피하며 바로 마법을 사용했다.

"트윈 사이클론(Twin Cyclone)!"

바닥에 꽂힌 주먹을 뽑는 괴물의 좌우에서 광폭한 바람이 불기 시작하더니 순식간에 집채만 한 회오리바람으로 변해 주위의 모든 것을 빨아들이기 시작했다.

"꺄악!"

꽤 멀리 떨어진 곳에 있던 올리비아마저 두 개의 회오리바람이 잡아끄는 힘에 영향을 받고 있었다.

회오리바람으로 끌려가지 않기 위해 나무 하나를 끌어안았는데도 다리가 허공에 떠서 회오리바람에 당장이라도 끌려 갈 것 같은 모양새였다.

이렇게 광폭한 두 회오리바람 사이에 위치한 괴물은

양쪽에서 끌어당기는 힘에 허공에 떠 버둥거리고 있었다.

강력한 회오리바람 사이에서 서로 끌어당기는 힘은 어마어마했다. 사람이었다면 한순간에 갈기갈기 찢겨져 버렸을 것이다.

괴물 역시 크게 다르지 않았다.

드드드득!

괴물의 근육이 강력한 두 가지 힘에 의하여 인장되는 소리가 요란한 회오리 소리에서도 들릴 정도였다. 하지만 그걸 보는 창준의 눈빛은 심각했다.

'버티고 있어!'

그랬다. 만약 괴물의 근육이 찢길 거라면 벌써 찢어져야 했다. 지금은 오히려 윈드 프레셔 마법을 견딜 때처럼 마기가 스멀스멀 흘러나오며 점점 움직이고 있었다.

이대로 가만히 놔두면 금세 빠져나올 것 같았다.

"라이트닝 레인(Lightning Rain)! 파이어 레인(Fire Rain)!"

창준이 연이어 두 개의 6서클 마법을 펼치자 괴물의 머리 위에서 번개와 불덩이가 떨어졌다.

범위 마법인 두 마법이 괴물에게 큰 타격을 줄 것이라 생각하지는 않았다. 하지만 번개와 불덩이는 회오리바람에 휩쓸리며 지옥의 폭풍처럼 변해 버렸다.

불타오르며 번개가 번쩍이는 섬뜩한 두 회오리바람을 본 창준은 회오리바람을 조종해 괴물을 향해 움직였다. 두 회오리바람이 서로 가까워질수록 괴물은 괴성을 지르며 버둥거렸다. 단순한 회오리바람일 때보다 충격이 큰 게 분명했다.

창준의 손이 서로 포개졌을 때, 두 회오리바람은 하나로 뭉쳐져 거대한 회오리바람이 되었다. 어두운 밤하늘까지 치솟아 오른 거대한 회오리바람은 세상을 모두 쓸어버릴 것처럼 광폭하기 그지없었다.

더욱 강력해진 회오리바람의 영향에 겨우 나무에 매달려 있던 올리비아가 손에 힘이 빠지며 빠르게 회오리바람을 향해 날려갔다.

"꺄아악!"

이글거리는 불꽃을 머금고 번개가 번쩍거리는 회오리바람이 급속도로 가까워지며 올리비아의 얼굴이 새하얗게 변했다.

턱!

하지만 회오리바람에 끌려가던 올리비아를 끌어안는 손이 있었다.

"차, 창준!"

강인한 창준의 품에서 올리비아가 소리쳤다. 창준은 그녀의 말에 대답하지 않고 회오리바람을 바라보고 있었다. 그의 얼굴은 여전히 심각했다.

올리비아는 창준이 왜 이렇게 심각한지 이해하지 못했다. 지금 그녀의 눈앞에 보이는 이런 엄청난 이적과 같은 마법에 괴물이 당연히 죽었을 거라고 생각했기 때문이다.

하지만 창준은 그녀가 보지 못하는 회오리바람의 내부를 똑똑히 볼 수 있었다.

'소용없어.'

버둥거리고 있는 괴물에게 전혀 타격이 없는 건 아니었다. 뜨거운 불길과 번개가 괴물의 피부를 녹이고 있었다. 문제는 피부가 녹는 데 걸리는 시간보다 재생하는 데 걸리는 시간이 더 짧다는 것이다.

세상을 뒤흔들던 회오리바람이 서서히 사그라지고 괴물의 모습이 드러났다. 창준이 본 것과 같이 멀쩡했다. 피부가 방금 재생했다는 걸 알리듯이 약간의 연기가 나고 있었는데 그나마도 순식간에 사라졌다.

괴물이 창준을 노려봤다.

당장이라도 괴물이 달려들지 모른다는 걸 알고 있는 창준은 품에 안고 있던 올리비아를 뒤로 던졌다. 그러자 거의 십여 미터를 날려간 올리비아가 바닥에 사뿐히 내려섰다. 창준이 마나를 이용해 그녀가 다치지 않도록 보조해 줬기에 가능한 일이었다.

창준은 괴물에게서 눈을 떼지 않고 생각했다.

'다른 방법을 찾아야 해. 이런 식의 마법으로는 저걸 죽일 수 없어.'

어떤 마법을 사용할 수 있을지 찾지 않아도 가장 먼저 떠오르는 마법이 있었다.

바로 플레임 블레이드였다.

단일 파괴력으로는 6서클 최고의 마법으로 방금 전 제프리의 다크 배리어와 함께 그를 베어버린 마법이다. 하지만 이 마법으로 괴물을 상대하려면 최대한 괴물과 근접해야 했다.

'그리고 괴물의 공격을 피하지 못하는……. 한 대는 버틸 수 있을까?'

알 수 없었다. 너무나 강력한 힘을 가진 괴물이기에 감히 그런 여유를 부릴 수 없었다. 잘못하면 악 소리도 내지 못하고 죽을 수 있었다.

손에서 땀이 흘러나와 창준의 손을 흥건히 적셨다. 방법이 그것밖에 없을 것 같다는 생각에 결정하고 나자 자신도 모르게 긴장하여 손바닥에 땀이 흐르는 것이다.

당장이라도 달려들 것 같던 괴물은 그런 창준을 이글거리는 눈으로 노려보고 있었으나 달려들지는 않았다. 마치 창준을 탐색하는 느낌을 줬다.

창준은 괴물이 언제 달려들지 모른다는 생각에 괴물의 근육 움직임까지 예리하게 보고 있던 중 문득 어떤 사실이 떠올랐다.

'잠깐, 그러고 보니 괴물은 흑마법사가 사용하던 마법을……'

그때 괴물의 눈이 창준을 떠나 한쪽에 마네킹처럼 서 있는 언데드들에게 향했다. 그리고 언데드를 향해 손을 펼쳤다.

괴물의 손에서 튀어나온 마기가 언데드들에게 닿는 순간, 스켈레톤과 좀비들이 서로 뭉치며 하나로 변하기 시작했다. 제프리가 한 번 보인 듀라한과 구울로 변하는 것이다.

"이런, 젠장!"

창준은 언데드가 듀라한과 구울로 변하는 걸 그저 지켜보고만 있을 수 없었다. 6서클 마법에 죽는 놈들이지만 결코 무시할 수 없는 힘을 가진 마물들이다.

서둘러 변이하고 있는 언데드들을 향해 마법을 사용하려고 했다. 하지만 창준이 마법을 사용하기 전에 괴물이 달려드는 게 느껴졌다.

화들짝 놀란 창준은 마법을 사용하지 못하고 황급히 괴물을 피해 움직였다. 짧은 시간이었으나 언데드들이 변이를 마치는 건 그것으로 충분했다. 제프리가 듀라한과 구울을 만들던 것보다 더욱 빨랐다.

창준은 거의 완성된 듀라한과 구울들을 향해 마법을 펼쳤다.

"익스플로전!"

크릉!

창준의 마법과 괴물이 소리를 동시에 발했다. 그러자 괴물에게 지시를 받았는지 마법이 발현되기 전에 듀라한과 구울들이 자리를 피했다.

콰콰쾅!

엄청난 폭발이 일어났다. 하지만 결과는 처음 익스플로전을 사용했을 때와 달랐다. 듀라한에 비해 조금 동작이 느린 구울들은 익스플로전의 폭발 범위를 벗어나지 못해 한 줌의 재로 변했으나 듀라한들은 마법의 폭발 범위를 벗어나 버렸다.

'모두 여섯 마리.'

데프리가 소환한 것보다 두 배는 많은 숫자.

이제 6서클 마법을 감출 필요가 없는 창준에게는 상대

하기 불가능한 숫자가 아니었다.

폭발을 피한 듀라한들은 이미 명령이 내려져 있던 건지 바로 창준을 향해 달려들었다. 그러면서도 창준의 마법을 경계하는지 서로 뭉치지 않게 떨어져서 대검을 휘두르며 창준을 공격했다.

"플레임 볼(Flame Ball)!"

정면에서 달려드는 듀라한을 향해 저 서클 파이어 볼 강화판이라 할 수 있는 6서클 마법을 사용하자 창준의 손에서 용암처럼 이글거리는 주먹만 한 공이 튀어나갔다.

자신을 향해 날아오는 마법을 본 듀라한은 대검으로 마법을 막았지만, 듀라한이 들고 있는 대검이 6서클 마법까지 감당할 수준은 아니었다.

쾅!

마법이 적중하는 소리는 생각보다 작았다. 그렇지만 위력까지 약한 건 아니었다. 마법을 받은 듀라한의 대검이 박살 나고 대검을 들고 있는 듀라한의 상체까지 사라져 버린 것을 보면 말이다.

듀라한 하나가 제거되는 사이 다른 듀라한들이 창준의 지근거리에 도착해 대검을 휘둘렀다. 세 개의 대검은 미리 약속이라도 한 것처럼 서로 경로가 겹치지 않게 창준의 머리와 가슴, 다리를 각각 노리고 들어왔다.

즉각 포인트 실드를 동시에 양손으로 펼친 창준은 다리를 노리는 대검을 피해 뛰어오르며 머리와 가슴을 노리는 대검을 실드로 막았다.

듀라한의 힘은 대단했다. 그레이트 실드를 대검으로 부술 수 있을 정도로.

그렇기에 대검을 받아낸 창준의 몸은 야구 배트에 부딪친 야구공처럼 빠르게 튕겨져 나갔다. 그런데 그가 튕겨져 나가는 쪽에서는 또 다른 듀라한 하나가 창준을 향해 대검을 내려치고 있었다.

"아이스 블래스터(Ice Blaster)!"

이미 그걸 알고 있던 듯 창준의 손에서 나간 작은 얼음 조각이 대검을 휘두르는 듀라한에 적중하더니 순식간에 전신으로 얼음이 퍼져 나가 그대로 굳어버렸다. 역시 6서 클 마법이었기에 얼음덩어리가 되어버린 듀라한은 얼음을 깨고 밖으로 나오지 못했다.

'좋아, 이제 네 마리 남았…….'

그때, 얼음덩어리가 된 듀라한의 뒤에서 무언가 강력한 게 날아오는 걸 느낀 창준은 황급히 한 손을 내밀며 포인트 실드를 사용했다.

쾅! 쾅!

얼음덩어리가 된 듀라한을 박살 내며 나타난 괴물의

거대한 주먹이 아직 허공에 떠 있는 창준을 후려쳤다. 포인트 실드로 막기는 했으나 단번에 박살이 나버렸다.

방금 전 날아가던 것과 비교도 할 수 없는 속도로 튕겨나간 창준이 땅에 처박혔다.

"컥!"

창준은 바닥에 쓰러진 채로 신음을 토했다. 괴물에게 얻어맞은 옆구리가 시큰거리며 끔찍한 고통이 전해졌다. 아무래도 갈비뼈 두어 개는 산산이 부서진 것 같았다. 그나마 포인트 실드로 막지 않았다면 어떻게 됐을지 모른다.

아무리 아프다고 하더라도 가만히 있을 틈이 없었다. 벌써 듀라한 하나가 바닥에 쓰러진 창준을 향해 대검을 내리찍고 있었다.

대검을 피해 바닥을 구르자 어느새 다가왔는지 바닥에 아직 누워 있는 창준을 향해 주먹을 휘두르고 있다.

그런데 괴물의 주먹이 떨어지기 전, 괴물의 뒤통수에 파이어 볼이 날아와 터졌다. 당연히 괴물에게 피해를 입힐 수 없는 저 서클 마법이었으나 아주 잠깐의 시간은 벌 수 있었다.

"아이스 블래스터!"

그 틈을 타 거의 발작적으로 펼친 마법에 작은 얼음 조각이 괴물을 순식간에 얼음덩어리로 만들었다. 하지만 괴물이 죽은 건 아니었다. 얼음덩어리 속에서 여섯 개의 눈동자를 희번덕거리며 창준을 노려보고 있고 얼음덩어리가 당장이라도 부서질 것처럼 흔들렸다.

고개를 돌려 파이어 볼이 날아온 곳을 보니 올리비아가 손을 펼치고 있는 게 보였다. 자신이 위기에 빠지자 자신이 준 아티팩트에 담긴 마법을 사용해 도와준 것이다.

안도의 한숨을 내쉰 창준이 기다시피 괴물에게서 물러서자 듀라한이 바로 쫓아왔다. 얼음덩어리가 됐던 괴물은 곧 얼음을 부수고 나와 다시 창준을 쫓기 시작했다.

정신이 없었다.

괴물과 단둘이서 싸울 때는 힘들기는 하지만 당장 수세에 몰린다거나 죽을 것 같지는 않았다. 아무리 괴물이 빠르다고 하더라도 자신 역시 괴물과 거의 비등할 정도로 빨랐으니까.

하지만 듀라한이 소환된 이후에는 달라졌다. 괴물의 세심한 조종을 받는 것처럼 괴물과 자신의 약간의 틈을 아주 효율적으로 메워주고 있었다. 조금이라도 듀라한의 공세에 정신이 팔리면 괴물의 무지막지한 공격이 쏟아져 내렸다.

그렇다고 듀라한의 공격을 무시할 수는 없었다. 듀라한의 공격은 창준이라고 하더라도 피하든 아니면 작은 포인트 실드로 막지 않으면 치명상을 입을 수준은 되었으니까.

이대로 상황이 고착되면 창준이 괴물의 손에 죽는 건 기정사실처럼 느껴졌다. 어떤 것이든 결단이 필요했다.

괴물의 무지막지한 육탄공격을 간신히 피한 창준은 결심을 했는지 눈을 예리하게 빛냈다.

'어쩔 수 없다. 플레임 블레이드로 싸울 수밖에 없어.'

플레임 블레이드는 단일 파괴력으로는 6서클 마법 중에 최강이다. 하지만 그런 파괴력을 내는 만큼 마나가 소모되는 양도 엄청났다. 플레임 블레이드를 사용하여 싸우다가 마나가 고갈되면 창준의 패배이며 그의 죽음으로 귀결될 것이다.

대신 장점은 듀라한의 대검을 막을 수 있고, 어쩌면 괴물에 상처다운 상처를 입힐 수 있을 것이다. 어쩌면 의외로 손쉽게 괴물을 죽일 수 있을지도 모른다.

결정을 내린 창준은 지체하지 않고 바로 마법을 사용했다.

"플레임 블레이드."

창준의 손에서 눈부신 화염의 검이 만들어졌고, 그를

뭉개 버릴 것처럼 날아오는 듀라한의 대검을 막았다.

카가각!

듀라한의 대검과 창준의 화염의 검이 부딪치며 불똥이 요란하게 튀었다. 화염의 검이 듀라한의 대검을 거의 절반 가깝게 파고들어 있었다.

아무리 듀라한의 대검이 엄청난 강도를 자랑하는 마법 아티팩트 수준이라고 하지만, 6서클 최고의 위력을 자랑하는 플레임 블레이드에 비교할 수는 없었다.

"으압!"

창준이 팔에 힘을 줘 더욱 앞으로 밀어내자 듀라한의 대검이 뎅겅 잘렸고, 화염의 검이 듀라한의 상체를 사선으로 그어버렸다.

상체가 두 조각이 난 듀라한이 잿더미로 변하는 사이 뒤에서 다른 듀라한의 대검이 날아왔다.

창준은 몸을 띄워 빙글 돌며 플레임 블레이드를 아래에서 위로 쓸어 올렸고, 뒤에서 기습을 하던 듀라한의 다리 하나가 잘렸다. 다리 하나가 사라진 듀라한은 그대로 바닥에 나동그라졌다.

확실히 싸움이 수월해졌다. 압도적으로 강하고 예리한 검은 듀라한의 공세를 쉽게 막을 수 있었다. 아마도 창준이 몽크의 전투술을 배우지 않았다면 이런 결과를 낼 수 없었을 것이다.

물론 몽크의 전투술에는 검을 사용하는 방법이 있지는 않다. 하지만 단봉과 같은 병기를 사용하는 방법이 있었고, 최고의 무기를 들고 있으니 듀라한을 막는 건 어렵지 않았다.

듀라한의 다리를 자르는 사이 괴물이 달려와 창준을 향해 두 팔을 들어 내리찍었다. 창준은 이전처럼 밖으로 피하지 않고 오히려 괴물의 품으로 더욱 파고들어 괴물의 공격을 피하고 눈앞에 있는 괴물의 종아리 부분을 수평으로 베어갔다.

'잘려라!'

턱!

창준의 눈이 찢어질 듯 커졌다. 괴물의 다리를 베어간 플레임 블레이드가 괴물의 종아리 중간쯤에 멈춰 있었다.

'베어내지… 못해?'

믿을 수 없다는 듯 떨리는 눈동자로 이글거리는 화염의 검을 바라보던 창준의 귀에 괴물의 괴성이 들려왔다.

크아아아!

이전과는 다른 통증 때문인지 고통스러운 듯 괴성을 지른 괴물은 멀쩡한 다리를 들어 창준을 걷어차려고 했다.

황급히 괴물의 품에서 빠져나오자 괴물이 미친 듯이 쫓아오며 두 팔을 휘둘렀다.

턱! 턱! 턱!

창준이 플레임 블레이드로 괴물의 공격을 막으면서 한 공격에 괴물의 팔이 오히려 베어졌다. 완전히 잘리지는 않았어도 꽤 깊은 상처가 남았고 새끼손가락 하나가 잘리기도 했다.

'좋아, 할 수 있어!'

생각보다 큰 효과를 보지는 못했다. 하지만 무시하지 못할 상처를 남기고 있었기에 승산은 있다고 생각했다.

문제는 시간이었다.

"후욱, 후욱!"

창준은 거칠게 숨을 내쉬며 식은땀을 줄줄 흘렸다. 플레임 블레이드를 유지하기 위해 마나를 끊임없이 소모하고 있어서 체력이 빠르게 소모되고 있었다.

아마도 앞으로 몇 분 지나지 않으면 플레임 블레이드를 유지할 수 없을 것 같았다.

'그 정도면… 충분하겠지?'

확실하진 않다. 하지만 기회를 잘 잡아 급소를 노리고 괴물의 목을 잘라낸다면 이길 수 있을 것이다.

창준이 괴물에게서 떨어지자 남아 있던 듀라한들이 창준을 향해 대검을 휘두르며 빠르게 접근했다.

괴물은 자신의 몸에 남은 상처를 봤다. 빠르게 수복되고 있기는 하나 대단히 위협적이라고 느꼈다. 창준이 듀라한과 싸우는 걸 바라본 괴물은 창준을 향해 달려가며 눈빛을 번뜩였다. 그리고 동시에 창준은 눈앞이 캄캄하게 변했다.

'저, 저주!'

그것만이 아니었다. 제프리가 여러 번에 걸쳐서 펼친 온갖 저주가 단 한 번에 모두 창준의 몸에 쏟아졌다.

앞이 보이지 않고 다리가 후들거렸으며 머리가 멍해지고 몸이 아파왔다.

황급히 마나를 움직여 저주를 풀어내던 창준은 거대한 손이 자신을 움켜쥐는 걸 느끼는 순간 눈앞이 다시 보였다.

괴물이 자신을 두 손을 붙잡고 있었다.

조금 떨어진 위치에서 창준이 싸우던 걸 보던 올리비아는 갑자기 창준이 허둥거리다가 괴물에게 붙잡히는 걸 보고는 크게 놀라 서둘러 마법을 사용했다.

"파이어 볼!"

올리비아의 손에서 발현된 화염구가 괴물을 향해 날아
가자 듀라한 하나가 그 사이에 끼어들어 대검으로 마법
을 튕겨냈다.

그러는 사이 창준을 붙잡은 괴물이 창준을 들고 지면
에 내리꽂았다.

쾅!

'컥!'

한 번만이 아니었다. 비명도 지르지 못하고 있는 창준
을 들어 올려 연속해서 몇 번이나 지면에 머리부터 꽂아
버렸다.

쾅! 쾅! 쾅! 쾅! 쾅!

연속해서 창준이 꽂힌 지면에 커다란 크레이터가 만들
어졌다. 충격이 상당했는지 크레이터 중앙에 누워 있는
창준은 괴물이 그를 놨는데도 쉽게 움직이지 못하고 꿈
틀거리고만 있었다.

제법 멀리 떨어져 있던 올리비아마저도 지면으로 전해
진 충격을 느낄 수 있었는데 사람이라면 벌써 죽었을 충
격이다. 망연히 바라보는 올리비아의 눈에 괴물이 주먹
을 들어 올리는 게 보였고, 이내 괴물의 주먹은 꿈틀거리
고 있는 창준을 향해 소나기처럼 퍼부어졌다.

콰과과과과광!

거의 일분에 걸쳐 주먹을 휘두르던 괴물이 주먹을 멈추고 더욱 깊어진 크레이터 안의 창준을 내려다봤다.

옷은 걸레가 되어 있고 머리는 어디가 크게 다쳤는지 끈적끈적한 피가 떨어지고 있었다. 거기다가 괴물의 주먹을 막으려고 한 것인지 창준의 두 팔은 완전히 부서져 기형적으로 뒤틀려 있었으며 허리도 이상하게 틀어져 있었다.

이런 꼴인데도 창준은 아직 죽지 않았다. 겨우겨우 숨을 몰아쉬고 있었는데, 숨소리가 얼마나 가늘게 들리는지 이제 당장 숨이 끊어진다고 하더라도 전혀 이상하지 않을 정도였다.

"창… 준……."

올리비아가 초점이 사라진 눈으로 중얼거리듯 말하며 휘청거리는 발걸음으로 창준을 향해 걸어갔다. 그녀가 가는 길에 듀라한이 있었으나 괴물의 명령이 없기 때문인지 딱히 올리비아를 막지 않았다.

어차피 창준이 없으면 자신도 죽는다고 생각하기 때문인지 방금 전까지 무서운 눈으로 바라보던 괴물이 자신을 바라보고 있는데도 올리비아의 눈은 괴물을 스치지도 않았다.

넝마처럼 만신창이가 된 창준의 옆으로 다가온 올리비

아는 창준의 처참한 모습을 보고 털썩 주저앉아 떨리는 손으로 피투성이가 된 그의 뺨을 쓰다듬었다.

그녀의 손길을 느꼈기 때문일까?

창준의 눈꺼풀이 파르르 떨리더니 힘겹게 올라갔다. 그러곤 자신의 뺨을 어루만지고 있는 올리비아를 향했다.

'무슨… 일이 일어난 거지?'

온몸이 아팠다. 태어나서 단 한 번도 이런 고통을 느껴 본 적이 없다고 느껴질 정도로 어마어마하게 아팠다. 뿐만 아니라 손가락 하나도 움직여지지 않았고 허리 아래로는 아무런 감각도 느껴지지 않았다.

멍하니 눈물을 흘리며 자신의 뺨을 어루만지는 올리비아를 올려다보던 창준은 눈동자를 옆으로 돌렸다. 그곳에는 여전히 압도적인 모습으로 자신을 내려다보고 있는 괴물이 있었다.

그제야 자신이 괴물에게 잡힌 게 떠올랐다. 괴물이 자신을 땅에 처음 내리꽂던 그때부터 거의 기억이 없었다. 단지 팔을 들어 무언가를 막으려고 했다는 것밖에 떠오르지 않았다.

창준은 힘겹게 입술을 달싹이며 올리비아에게 도망가라고 말하려 하다가 이내 포기했다. 말이 입 밖으로 나오지 않아서가 아니라 어차피 마법도 제대로 사용하지 못하는 그녀가 괴물과 듀라한의 손에서 도망칠 가능성이 없다고 판단했기 때문이다.

그걸 본 올리비아가 눈물을 흘리며 말했다.

"고마워요. 그리고 미안해요."

목숨을 걸고 자신을 구하러 온 창준에게 고맙고 이렇게 죽게 만든 것이 미안하다는 것이리라.

괴물이 주먹을 들어 올리는 게 창준의 눈에 보였다. 지금까지 보인 모습을 생각하면 저 주먹 한 번에 창준은 물론이고 올리비아까지 박살이 날 것이다.

창준이 팔을 들어 올리려고 했지만 전혀 움직이지 않았다.

목 아래로는 아무런 통제권이 없는 것처럼. 올리비아가 누워 있는 창준의 상체를 끌어안았다. 그런데도 창준은 올리비아의 감촉을 전혀 느끼지 못했다.

창준은 자신의 상황을 받아들였다.

'이게… 끝이군.'

자신보다 강력한 흑마법사가 있다는 걸 알게 되었을 때 어쩌면 이런 날이 올지 모른다고 생각했다.

최대한 애써 부정하려고도 해봤고 외면하려고도 했지만 가만히 있으면 불현 듯 떠오르는 생각이었다.

그리고 지금은 그가 그렇게 부정하고 외면하던 바로 그 순간이었다.

안타까웠다. 케이트에게도, 가족에게도, 소중하다고 생각하던 사람들에게도 아무런 인사도 하지 못했다.

이런 일이 일어날지 모른다고 생각을 해놓고도 그걸 부정하느라 아무런 대비를 하지 못했고 작별 인사도 준비하지 못했다.

하지만 어쩔 수 없었다. 지금 창준이 할 수 있는 건 아무것도 없었고, 이렇게 누워 죽는 것을 기다리는 것이 전부였다.

창준은 자신을 향해 다가오는 괴물의 주먹을 바라봤다. 주먹은 아주 천천히 움직이고 있었다. 제프리가 괴물로 변하기 전에도 비슷한 일이 있기는 했지만, 지금은 그때와 기분과 느낌이 전혀 달랐다.

큰일을 당할 뻔했을 때, 과거의 기억이 주마등처럼 스쳐 갔다고 말하는 사람들이 있다.

겨우 백만분의 1초라는 시간 동안 영화처럼 눈앞에 그 모든 것이 보인다고 말이다.

창준은 그렇지 않았다. 단지 모든 사물이 느려질 뿐이다.

곧 닥칠 죽음을 대비하는 듯 올리비아가 자신을 끌어

안고 눈을 꼭 감고 있는 모습이 보인다.

'결국 이 사람을 구하지 못했네.'

꼭 살려야겠다고 생각한 건 아니다. 상황이 이렇게 되었으니 어쩔 수 없었을 뿐.

이제는 자신이 죽게 됐지만 그녀를 원망하지는 않는다. 어차피 이 모든 일이 자신을 노리는 제프리의 음모가 아니던가. 올리비아는 오히려 피해자에 가깝다고 생각했다.

이상했다. 당장 이 순간이 지나면 죽을 것이라는 걸 완벽히 이해하고 있었다. 그런데 전혀 두렵지도, 무섭지도 않았다.

흔히 관조한다는 말이 있다. 하지만 완벽하게 관조한다는 말은 불교에서 깨달음을 말하는 것처럼 어려운 일이다. 사람이 살면서 한 번 겪기도 어려운 일이다.

지금 창준은 바로 그 상태였다. 완벽하게 자신을 벗어나 관조하는 상태.

괴물의 주먹이 창준에게 닿으려면 아직도 한참이 남은 것 같았다.

창준은 문득 항상 생각하던 것이 떠올랐다.

'그런데 진짜 7서클은 어떻게 해야 올라갈 수 있는 거지?

왜 이런 생각이 들었는지 알 수 없었다. 어쩌면 조급함을 버리기 위해 의식적으로 떠올린 생각일지도 몰랐다.

그리고 필리다의 말도 떠올랐다.

─요리를 하다가 모든 음식은 조화를 이뤄야 한다는 걸 떠올린 순간 7서클로 올랐어요.

특별할 것도 없는 말이다. 단순히 조화라는 말이 어떤 것인지는 충분히 이해하고 있었다. 그렇기에 아무리 생각해도 그 이면에 무엇이 있는지 알 수 없었다.

그렇지만 지금은 달랐다. 완벽한 관조의 상태에서 필리다의 말을 떠올리는 순간, 그녀가 하고자 한 말이 무엇인지 이해가 됐다.

'필리다가 말한 게… 바로 이런 의미였구나.'

뭔가 마음이 뿌듯해졌다. 그토록 가슴을 답답하게 만들던 난제를 풀었다는 사실 때문이다. 그리고 그건 비단 마음만 뿌듯해지는 결과로 끝나지 않았다.

파아아앗!

창준의 몸에서 찬란한 광채가 엄청난 기세로 뿜어져 나왔다. 그 모습은 서클을 올렸을 때마다 보인 모습과 비슷했지만 규모가 전혀 달랐다. 창준의 몸에서 흘러나온 빛은 주변을 대낮처럼 바꾸는 것은 물론이고 하늘을 향해 헤드라이트처럼 빛이 쏘아졌다.

그것만이 아니었다.

창준을 향해 마지막 공격을 하려던 괴물은 거의 십여 미터를 밀려갔고, 꽤 멀리 떨어져 있던 듀라한과 언데드들은 창준의 몸에서 나오는 찬란한 광채에 닿자 한순간에 잿더미로 변해 바람에 날려갔다.

올리비아는 이런 상황에서도 창준에게서 밀려나가지지 않았다. 창준으로부터 쏟아져 나오는 찬란한 광채에 눈을 떴다가 너무 눈이 부셔 눈을 감고 있을 뿐이었다.

'대체 무슨 일이!'

그녀로서는 이게 무슨 일인지 알 수 없었다. 지금까지 그녀가 경험해 보지 못한 이적이었기 때문이다.

창준에게서 흘러나오는 찬란한 광채는 더욱 강렬해졌다. 그 광채에 깃든 힘이 얼마나 강렬했는지 올리비아의 목 뒤에 있던 봉인의 인을 날려 버렸고, 올리비아의 몸에 마나가 충만해지며 4서클에서 정체하고 있던 벽을 날려 버릴 정도였다.

광채가 더욱 빛나며 창준의 몸이 서서히 허공으로 떠오르기 시작했다.

크오오오!

괴물은 그걸 보더니 자신을 밀어내는 광채를 헤집고 안으로 파고들어 창준을 향해 주먹을 던졌다.

쿵! 쿵! 쿵!

한 번의 주먹으로 지면을 박살 내고 크레이터와 같은 흔적을 남기던 괴물이지만, 창준의 몸에서 나오는 광채는 마치 벽처럼 괴물의 공격을 막았다. 심지어 아무런 흔적도 남기지 못했다.

허공으로 떠오른 창준의 몸은 당장 죽을 것처럼 박살 났던 몸을 빠르게 고쳐나가기 시작했다. 머리의 상처가 사라지고, 부서진 팔이 다시 원래대로 돌아왔으며, 어긋난 척추가 맞춰져 묘하게 보이던 허리가 똑바로 섰다.

그것만이 아니었다.

창준이 5서클에 들어섰을 때, 창준의 몸은 뼈가 재구축되고 근육이 변화했다. 하지만 6서클에 올랐을 때는 능력은 늘어났으나 5서클에 오를 때와 같이 무언가 재구축되는 과정은 없었다.

그런데 7서클에 오르는 지금은 창준이 5서클에 오를 때처럼 변화가 일어났다.

뼈와 근육이 변화하는 건 물론이고 창준의 피부가 뱀이 허물을 벗듯이 떨어져 나갔다. 떨어져 나간 피부는 순식간에 없어지고 새로운 피부가 일어났다. 이 과정이 무려 아홉 번에 걸쳐서 일어났다.

이런 여러 가지 변화가 일어나는 가운데 창준은 지금

까지 계속 눈을 감고 있었다.

일부러 눈을 감고 있는 건 아니었다.

7서클에 오르며 지금까지 이해하지 못한 것들과 알고만 있던 지식들이 하나하나 풀어지며 뇌리에 새겨졌다. 답답한 미로를 헤매다가 하늘로 날아올라 미로를 내려다보는 것처럼.

이건 환희였고 마약과도 같은 즐거움이었다.

차곡차곡 머릿속에서 지식이 정리되자 창준의 눈이 서서히 떠졌다.

창준의 눈동자는 이전과 달랐다. 외형적으로 바뀐 건 없었으나 사람을 잘 보는 사람이라면 한 번에 알 수 있을 정도로 어떤 현기가 서려 있었다.

쿵! 쿵! 쿵!

괴물은 여전히 광채의 벽을 두드리고 있었다.

창준이 뿜어내는 광채는 듀라한과 언데드를 단숨에 잿더미로 만들 정도였다. 괴물과 듀라한이 비교할 수 없을 정도의 차이가 났기에 잿더미로 변하는 일은 일어나지 않았으나 괴물의 피부는 광채에 의해 재로 변했다가 다시 복구되는 일을 반복하고 있었다.

창준의 눈이 괴물을 향했다.

쿠아아아아!

괴물은 주먹을 휘두르던 걸 멈추고 붉은빛을 줄기줄기 뿜어내는 눈으로 창준을 노려보며 괴성을 질러댔다.

희미하게 미소를 띤 창준은 천천히 손을 들어 괴물을 가리켰다. 그러곤 나지막이 말했다.

"플레임(Flame)."

4서클 마법 플레임이 발현되자 괴물의 발치에서 불길이 일어나 순식간에 괴물을 뒤덮었다.

지금까지 6서클 마법을 제외한 저 서클 마법으로는 괴물에게 거의 타격을 주지 못했다.

그런데 지금 발현된 마법 불길에 휩싸인 괴물은 고통스럽게 괴성을 질러댔다.

창준은 7서클에 오르고 나서야 자신이 왜 필리다나 페르낭을 보고 이길 수 없을지도 모른다고 본능적으로 느꼈는지 깨달았다.

7서클 마법부터는 마나까지 재구성되었다. 이전까지 사용하던 마나와 농도 자체가 두 배는 넘게 차이가 난다고 생각하면 된다.

그 말은 4서클 마법이라고 하더라도 그 위력이 두 배로 늘어난다고 생각하면 거의 정답이다.

괴물은 이걸 견딜 수 없었다.

괴물은 불에 타 죽어가면서도 창준을 죽이고 싶은 것

인지 광채의 벽을 두드리며 괴성을 질러댔다. 하지만 그
것도 잠시일 뿐, 얼마 지나지 않아 괴물은 한 줌 재로 변
해 바람에 날려갔다.

창준은 눈을 감았다. 그러자 그가 발하던 광채가 그의
몸으로 갈무리되었고, 허공에 떠 있던 창준은 서서히 땅
으로 내려왔다.

등에서 느껴지는 땅의 감촉을 느끼던 창준은 이내 정
신이 아득하게 멀어졌다. 깨어 있고 싶다면 얼마든지 그
럴 수 있었다. 하지만 그러지 않았다.

광채는 이제 사라졌으나 지금도 그의 머릿속에서는 온
갖 지식이 해답을 찾아 새로운 지식으로 태어나는 중이
었으니까.

그래도 걱정하지 않았다. 이제 이곳에는 그를 위협할
만한 어떠한 것도 없었고, 올리비아가 그를 해치지 않을
거라 믿었다.

창준은 지식의 소용돌이로 의식을 묻어갔다.

CHAPTER
02

병원에서

ALCHEMIST

　지식 속에 깊이 침잠되어 있던 의식이 점점 부상하기 시작했다. 마나에 관련된 얘기가 아니었으니 겉으로 이런 것이 눈에 띄게 드러나지는 않았을 것이다.

　서서히 눈을 뜬 창준의 눈에 낯선 병실의 모습이 들어왔다.

　영국 병원도 1인실은 비싸다. 특히나 지금 창준이 누워 있는 곳같이 호텔 방처럼 꾸며놓은 병실은 호텔 스위트룸 가격 정도로 비쌌다.

　'정신을 잃고 있었으니 병원으로 데리고 온 것 같군.'

병실을 둘러보던 창준은 먼저 자신의 몸에 덕지덕지 붙어 있는 온갖 의료기기가 가장 먼저 보였고, 그다음으로 자신이 누워 있는 병원 침대에 상체를 기대고 자고 있는 여자의 뒷모습이 보였다.

처음에는 케이트가 아닌가 생각했지만, 이내 그것이 올리비아라는 걸 알아챘다.

왜 케이트가 아닌 올리비아가 자신을 간호하고 있는지 알 수 없었다.

그러는 사이 창준이 일어난 걸 느꼈는지 올리비아가 아직 잠이 덜 깬 눈으로 눈을 뜬 창준을 바라보더니 이내 눈이 커다랗게 변했다.

"창준! 일어났군요!"

벌떡 일어난 올리비아는 먼저 허둥거리는 손으로 너스콜을 누르고 창준을 향해 말했다.

"대체 왜 이제야 일어난 거예요? 병원에서도 이유를 몰라서 난리였다고요! 내가 당신에게 묻고 싶은 일이 얼마나 많은지 알아요?"

잔뜩 흥분해서 말을 쏟아내고 있는 올리비아의 모습에 창준은 어색하게 웃으며 그녀를 진정시켰다.

"진정해요. 내가 얼마 만에 일어난 거죠?"

"일주일이에요. 무려 일주일!"

"헐, 그렇게 오래 정신을 잃고 있던 거예요?"

창준은 자신이 꽤 오랜 시간 정신을 잃고 있었다는 건 스스로도 짐작하고 있었다.

하지만 그래봐야 이삼 일 정도일 거라 생각했지 일주일이나 지났을 줄은 몰랐다.

"당신은… 진짜……."

올리비아의 목소리가 메이며 이내 그녀의 커다란 눈동자에 습기가 차올랐다.

난데없이 올리비아가 눈물을 흘릴 것 같아 보이자 창준이 당황해서 뭐라고 말하려고 할 때, 너스콜을 받은 의사와 간호사가 병실로 들어왔다.

의사와 간호사가 부산스럽게 창준의 건강을 체크하는 사이 올리비아는 병실 밖으로 나갔다.

창준은 실제 몸에 이상이 있는 게 아니었다. 그렇기에 의사와 간호사가 딱히 무엇을 해준 것은 없었다. 그저 현재 몸 상태가 아주 좋다는 정도의 얘기만 들을 수 있었다.

그렇게 의사와 간호사가 병실에서 나가자 기다렸다는 듯이 MI5 국장인 리처드가 올리비아와 함께 병실로 들어왔다.

창준은 침대에 편히 앉아서 병실에 들어오는 리처드를

향해 웃으며 손을 흔들었다.

"벌써 일주일이나 지났다고 하네요. 그러니 오랜만이라고 인사를 해야겠죠?"

태평하게 말하는 창준의 모습에 리처드가 쓰게 웃고는 침대 옆으로 다가와 물었다.

"몸은 좀 어떻습니까?"

이제 완전히 혐의를 벗었기 때문인지 리처드는 정중한 말투로 얘기했다. 그에 창준이 피식 웃으며 대답했다.

"보시다시피 아주 좋아요. 제 생각뿐만이 아니라 의사도 건강하다고 확인시켜 줬어요. 아! 여기 꽤 비싼 곳 같은데 입원시켜 줘서 고마워요. 당연히 공짜겠죠?"

농담인지 진담인지 알 수 없는 창준의 말에 리처드는 작게 한숨을 내쉬었다.

"청구하지 않을 테니 그건 걱정은 하지 않아도 됩니다."

"고마워요."

"그것보다 올리비아를 통해서 이미 보고를 듣기는 했지만, 제프리를 처리하셨다고 들었습니다."

창준은 대답을 하기 전 올리비아를 바라봤다. 올리비아는 입을 살짝 내밀고 별다른 표정이 없었다.

방금 전에 자신이 눈물을 흘릴 뻔했다는 사실이 꽤 창

피한 모양이다.

'뭐야, 이 여자? 왜 저 혼자 울려고 하다가 저 혼자 삐쳐 있어? 그것보다 어디까지 말한 거지? 그렇게 삐쳐 있지 말고 차라리 힌트를 줘!'

이런 생각을 해봤자 듣지 못하는 올리비아는 여전히 고개를 돌려 시선을 피하고 있을 뿐이다.

어쩔 수 없다고 생각한 창준은 대충 리처드의 말에 상황을 봐서 대답해야겠다고 생각하고 입을 열었다.

"어쩌다 보니 그렇게 됐어요. 저도 별로 그 사람하고 싸울 생각은 없었거든요."

"알고 있습니다. 제프리가 올리비아를 납치하지 않았다면 그런 일은 없었겠지요. 제 딸을 구하기 위해서 위험을 감수해 주신 점에 대해 대단히 감사드립니다."

리처드가 동양식으로 고개를 숙여 인사했다. 그의 인사를 받는 창준의 얼굴이 어색하게 굳었다.

'저기… 올리비아가 납치된 줄 알았으면 안 갔을 건데요, 저도 오해했을 뿐이라고요. 얼굴까지 뜨거워지네.'

올리비아를 구해준 건 사실이라는 걸로 애써 굳어진 얼굴을 푼 창준이 얼른 말했다.

"인사는 됐어요. 그것보다 뒷수습은 잘됐나요?"

"뒷수습이라고 할 것도 없었습니다. 싸운 흔적은 있었

지만 남아 있는 시체는 없었으니까요. 올리비아의 보고에 따르면 제프리와 그가 소환한 언데드들이 있었는데, 모두 잿더미로 만들었다고 들었습니다. 듣자 하니 제프리가 런던에서 나온 괴물처럼 변했는데 훨씬 강력했다고 하더군요. 직접 상대를 해본 느낌은 어떻습니까?"

"올리비아의 말처럼 훨씬 강력했어요. 하마터면 제가 죽을 뻔했으니까요."

"하아, 대체 이걸 어떻게 대비해야 할지……."

리처드의 말에 창준도 얼굴이 심각해졌다.

이번 런던에서 일어난 사건들은 모두 흑마법사가 벌인 일이다.

문제는 이들이 원래 마법을 사용할 수 없는 사람이라는 사실이다.

지금까지 드러난 사실만 따지면 암중에 있는 흑마법사들은 일반인도 흑마법사로 만들 수 있는 어떤 것을 만든 것이 분명했다.

'종류는 두 종류겠지?

특정 마법만 사용할 수 있는 흑마법사를 만드는 방법과 제프리처럼 온전한 흑마법사를 만드는 두 가지 방법이 있을 것이다.

지금까지 이런 방식으로 뿌려진 흑마법사가 얼마나 있

을지 가늠할 수 없었다.

아마도 이것들을 쉽게 만들 수 있는 것은 아닐 것이다. 특히 제프리처럼 온전한 흑마법사의 능력을 부여하는 게 절대로 쉬울 리가 없었다.

이것이 쉽게 만들 수 있는 거라면 벌써 세상은 흑마법사가 주도권을 잡고 있을 것이고 암중에 숨어 있지도 않을 테니까.

거기다가 죽을 위기에 빠졌을 때 괴물로 변하는 건 너무나 위험했다. 실제로 괴물로 변하게 되면 거의 한 서클 위의 힘을 내는 걸 보지 않았는가.

'약점은 있어.'

정확히 말하자면 약점이라고 할 건 아니지만, 원래 사용하던 힘보다 강력한 힘을 발산하는 건 아마도 대상의 생명력을 담보로 하는 것이라 생각되었다.

그러니 시간을 끌면 아마도 괴물은 알아서 자멸하게 될 것이리라.

지금 생각하는 것은 모두 짐작이다. 물론 더욱 확장된 지식을 바탕으로 도출된 것들이기에 창준의 생각이 맞을 가능성은 높았지만 말이다.

'키메라에 양산형 흑마법사까지……. 키메라는 대책을 마련했지만 양산형 흑마법사는…….'

창준이 만든 유전자 변형 마약에 대한 해독제는 곧 전 세계로 뿌려질 것이다. 그 과정에서 한국이 어떤 이득을 보면서 말이다. 하지만 아직 양산형 흑마법사에 대한 대책은 없었다.

'후우, 양산형 흑마법사를 조기에 찾을 수 있는 방법을 생각해 봐야겠군.'

창준은 자신이 방법을 찾아야 한다고 생각했다.

실제로 마법진과 각종 이론에 대해 아스란의 지식을 얻은 창준만이 해결할 방법을 찾을 가능성이 가장 높았다. 실제로 페르낭보다도 탄탄한 이론으로 무장한 창준이 아닌가.

병실에 있는 세 사람은 답답한 마음에 무겁게 침묵이 감돌았다. 창준은 방법을 찾을 생각이기는 하나 정말로 찾을 수 있을지 확실하지 않은 상황에 괜히 나서고 싶지는 않았다.

그러다가 찾을 방법이 없으면 곤란했다.

침묵 속에서 잠시 생각에 빠져 있던 창준은 문득 자신이 각성했을 때를 떠올렸다.

하늘을 뚫을 것처럼 치솟던 눈부신 광채. 아마도 그건 근방에 있던 민가에서만이 아니라 런던 중심부에서도 확인이 가능했을 것 같았다.

광채는 그 정도로 강렬했다.

"제가 제프리와 싸울 때 엄청 시끄럽고 일반인에게 들켰을 가능성이 있는데… 그건 어떻게 됐나요?"

"시끄러운 수준이 아니었지요. 저희도 조기에 파악해서 바로 그쪽으로 달려갈 정도였습니다. 특히 하늘로 치솟던 빛줄기, 대체 그 마법은 뭡니까? 그런 마법이 있는지도 몰랐는데 말입니다."

리처드는 창준이 7서클에 오르며 보인 광채를 마법이라고 생각하고 있는 모양이다. 모든 걸 목격한 올리비아의 보고를 받았다면 그게 마법이 아닌 7서클 각성이라는 걸 알 텐데 이상했다.

창준이 올리비아를 슬쩍 바라보니 올리비아가 손을 들어 자신의 입에 대고 지퍼를 잠그는 제스처를 취했다. 그녀의 제스처를 보면 모든 걸 리처드에게 알린 게 아닌 것 같다.

올리비아가 왜 그랬는지는 모르지만, 자신이 7서클에 도달했다는 게 MI5에 알려지지 않았다면 최대한 숨기는 게 좋을 것 같았다.

아직 MI5나 MI6를 믿을 수 없었다. 제프리만 하더라도 MI6 소속이지 않는가.

제프리의 수족이나 또 다른 흑마법사가 잠입했을지도

모르는 기관에 자신에 대한 정보를 알려줄 필요는 없었다.

이번 제프리와의 싸움에서도 자신의 힘이 정확히 알려지지 않아 살아남을 수 있었던 것이지, 만약 창준이 6서클 마법사라는 걸 제프리가 알았다면 더 치밀한 작전을 세우거나 다른 동료를 데리고 왔을 것이다.

창준은 시치미를 뚝 떼고 대답했다.

"제가 배운 마법입니다. 그게 꽤 멀리까지 보인 것 같군요."

"MI5 청사에 있던 제가 목격했을 정도입니다. 그걸 보고 저희도 달려간 거죠."

"언론에서 가만히 있었습니까?"

승냥이처럼 달려드는 기자들을 생각하며 문자 리처드가 씁쓸하게 미소를 지었다.

"저희가 내놓은 공식적인 답변은 런던 테러의 배후에 있던 테러범이 나타났고, 저희 마법사가 처리하는 과정에서 나온 빛이라고 했습니다. 그 외의 자세한 내용은 안보를 위해 공개할 수 없다고 했습니다."

"…그 정도로 넘어갔나요? 영국 기자들도 엄청나다고 들었는데……."

"아직 마법사에 대한 내용을 외부에 공개해야 한다는

법률이 없는 상황이라 애써 무시하는 중이라고 할까요? 덕분에 언론들은 기존 방첩부대를 인정하고 공식화한 것처럼 마법사들도 공식화하고 모든 내용을 공개해야 한다고 연일 시끄럽습니다."

MI5와 MI6는 1980년대 후반까지만 하더라도 법적으로 존재하지 않던 기관이다. 그러다가 1989년 보안국법(Security Service Act)이 제정되면서 공식적인 지위가 생겼다.

국장 신원과 일부 정보를 공개한 MI5와 달리 아직까지도 MI6는 알려진 것들이 적었다.

공개적으로 방첩활동을 한다는 건 있을 수 없고, 이전에 하던 방첩활동도 외부에 알리기 힘들다.

잘못하면 방첩활동을 하던 나라와 외교적 분쟁거리가 될 수 있었다.

언론에서는 마법사에 대해서 최소한 MI5가 국장 신원과 일부 정보라도 공개하기를 끈질기게 요구하고 있었다.

현실에 마법사가 존재한다는 사실에 대단히 흥분한 모양새라 난리도 아니라고 한다.

"설마… 제가 외부에 드러난 건 아니겠죠? 저는 엄밀히 마법사 협회와 연관이 없는 한국 사람이니 제 신분이 외부에 드러나는 건 적극적으로 사양하고 싶은데요."

"그건 걱정하지 않아도 됩니다. 미스터 킴에 대해서는 어떠한 정보도 밖으로 흘러나가지 않게 단단히 보안을 유지하고 있으니까요."

"다행이네요."

아직 한국에서는 클린-1이 정식으로 판매되지 않고 있어서 주목도가 떨어지고 있는데, 이렇게 마법사라는 게 들키면 창준은 물론이고 가족들까지 기자들의 등살에 시달릴 게 뻔했다.

"이렇게 영국에 오셔서 이상한 일에 휘말리게 해드려서 죄송합니다. 다음에는 절대로 이런 일이 없도록 하겠습니다."

"그러면 포션에 관련된 일이나 잘 처리해 주세요. 싸게 공장 부지를 제공해 주시든가, 아니면 세금을 면제해 주시든가요."

많은 돈이 연관되어 있는 일을 대수롭지 않은 일처럼 말하는 창준의 태도에 리처드는 살짝 곤란한 얼굴이 되었지만 이내 풀렸다.

"최대한 배려해 드리도록 하겠습니다. 피곤하실 테니 자세한 얘기는 나중에 퇴원하셔서 하도록 하지요."

"알았어요. 그때는 케이트를 데리고 갈게요. 아무래도

제가 사업적인 얘기에는 좀 약해서요."

반짝거리는 눈으로 말하는 창준의 태도에 리처드는 작게 한숨을 내쉬고는 병실을 나갔다.

올리비아는 리처드를 따라서 병실을 나가지 않았다.

"같이 가는 것 아니었어요?"

"왜요? 제가 갔으면 좋겠어요?"

서운한 듯한 올리비아의 말에 창준은 어색한 미소를 지었다.

"아니, 그런 건 아니고요."

"조금만 있다가 갈 거예요. 저도 바쁜 사람이라고요."

'바쁘면 굳이 이렇게 있을 필요 없는데… 차라리 케이트나 불러주지.'

벌써 케이트와 헤어진 지 거의 한 달이 넘어가고 있었다. 한창 서로의 온기를 느끼고 연애를 즐기던 창준이기에 어서 케이트를 보고 싶은 게 사실이다.

하지만 창준도 눈치가 있는 사람이고, 지금 그런 말을 하면 이유는 모르겠으나 올리비아가 별로 좋아할 것 같지 않았다. 호의로 남아 있으려는 사람에게 나가 달라고 하면 좋아할 리 없으니까.

기왕 이렇게 된 김에 궁금한 거나 물어보자고 생각한 창준이 입을 열었다.

"분위기를 보니까 저에 대해서 전부 보고를 올리지 않은 것 같은데… 왜 그러셨어요?"

"보고를 올려야 했나요?"

"그런 건 아니고요. 일단 MI5에 소속되어 있으니 당연히 보고할 거라고 생각할 수밖에 없잖아요."

틀린 말이 아니다. 뭐가 어떻게 되었든 그녀는 MI5에 소속된 요원이고 창준에 대해서 보고를 해야 했다.

올리비아가 창준과 눈을 마주치며 말했다.

"창준이 우리의 예상보다 더 강하다는 걸 숨겼잖아요. MI5에 알리고 싶었다면 미리 말을 했겠죠. 하지만 그러지 않았잖아요. 그래서 보고하지 않았어요. 저를 살리려고 숨기고 있던 모든 걸 제 앞에서 보여 버렸는데, 그걸 그대로 보고한다면… 제가 너무 나쁜 사람이지 않을까요?"

'참… 이상한 여자야.'

생각해 보니 올리비아는 지금까지 변함이 없었다.

처음 만나서부터 지금까지 항상 자신을 믿어주고 도움을 줬다. 마법진을 하나라도 더 얻어내려고 하는 건가 하는 생각도 했지만, 이렇게까지 나오니 단순히 이익을 위해서 이렇게 행동하는 건 아닌 것 같았다.

그렇기 때문에 지금은 올리비아를 가족과 케이트를 제

외하고 가장 믿을 수 있는 사람이라 생각하고 있다. 언제든 자신이 도와달라고 얘기할 수 있는 그런 사람 말이다.

"고맙긴 하지만, 그래도 괜찮아요? 나중에라도 나에 대한 정보가 밝혀지면 곤란하지 않을까 싶은데……."

"상관없어요. 어차피 이제 곧 MI5에서 나올 예정이니까요."

"진짜요? 왜요?"

살짝 놀란 창준의 말에 올리비아는 대답 대신 작은 미소를 지었다. 창준과 비밀리에 만난 것 때문이라고 말할 수는 없기 때문이다.

"MI5에 끝까지 남아 있어야 할 이유가 있는 게 아니니까요. 그리고 MI5에서 나오면 어떻게 할지 이미 다 정해 놨어요. 그러니까 걱정하지 않아도 돼요."

"아쉽지 않아요?"

"어쩔 수 있나요. 창준 때문에 MI5에서 나가는 것이 아니니 이상한 생각은 하지 마시고요."

올리비아가 MI5와 MI6에 있음으로 해서 꽤 많은 도움을 받은 창준은 행여나 그녀가 자신 때문에 잘린 것은 아닌가 싶었다. 그렇지만 한사코 아니라고 하니 더 이상 묻지 않았다.

올리비아가 그런 창준을 향해 물었다.

"궁금한 게 있는데 물어봐도 돼요?"

"뭐든지요."

올리비아는 이미 창준이 용언 마법을 사용하는 것부터 7서클에 오르는 것까지 모두 두 눈으로 목격했다. 그러니 그녀가 무엇을 물어볼지 알고 있고, 그것에 대해서 충분히 설명해 줄 생각이 있었다. 어차피 숨긴다고 그녀가 본 것이 없어지는 건 아니니까.

"당신이 사용하는 마법, 제가 사용하는 마법과 체계가 다른 것 같은데, 맞나요?"

역시나 창준의 예상대로였다.

"맞아요. 용언 마법이라고 합니다."

"용언… 마법? 그게 뭐죠? 그런 마법이 있다는 말도 들어본 적이 없어요."

"음, 이야기가 제법 긴데……."

"시간 많아요. 여기 있는 동안은 MI5에서도 저를 찾지 않을 거고요."

올리비아는 편한 자세를 취했다. 아무리 긴 얘기라고 하더라도 모두 들을 준비가 되어 있다는 듯한 태도였다.

어깨를 으쓱해 보인 창준은 입을 열었다.

"과거에 드래곤이 있었다는 건 알아요?"

"드래곤… 이요? 입에서 불을 뿜는 드래곤?"

"맞아요. 근데 올리비아가 얘기하는 드래곤은 제가 생각하는 드래곤과 조금 다른 것 같네요. 보통 서양 사람들이 말하는 드래곤은 하찮은 피조물 수준이라서요. 제가 말하는 드래곤은 거의 반신에 달한 생물이거든요."

동양에서 용은 여러 가지 이적을 발하는 신에 가까운 존재인 반면, 서양에서는 드래곤이라 부르며 날개가 있어 하늘을 날아다니고 입에서 불을 뿜는 도마뱀 수준으로 알고 있다. 아마 아스란의 세계에 있던 와이번이 이곳 사람들이 말하는 드래곤에 가까울 것이다.

"그런 드래곤이 있었다고요?"

"그래요. 그리고 드래곤은 마법의 조종이라 불리는 존재로 무려 9서클 마법까지 사용할 수 있었다고 해요."

9서클 마법이란 까마득한 경지에 올리비아의 얼굴이 조금 멍해졌다. 마법사에게 9서클이란 사람이 오를 수 없는 경지를 뜻하기 때문에 그녀가 이런 얼굴을 하는 걸 이해할 수 있었다.

"아무튼 제가 배운 마법은 드래곤이 사용하던 마법 체계를 근간으로 하는 마법이에요. 그래서 드래곤이 마법을 사용하던 것처럼 룬어를 사용한 캐스팅 과정이 필요 없지요."

이미 창준이 괴물과 싸우면서 6서클 마법을 펑펑 사용

하는 걸 두 눈으로 확인한 올리비아이다. 그래서 그가 말하는 걸 바로 이해했다.

창준의 얘기가 계속 이어졌다. 그의 얘기는 대부분 드래곤이 사용하던 마법 체계에 대한 것으로 창준이 캐스팅을 하지 않고 마법을 사용할 수 있는 원리에 대한 내용이었다.

이렇게 얘기하면 대단히 중요한 얘기인 것 같지만, 사실 전반적인 설명이었기에 핵심적인 구동원리에 대한 내용은 하나도 들어가 있지 않았다.

창준은 얘기를 하면서 의도적으로 아스란의 세계에 대한 내용이나 흑마법사에 대한 얘기는 하지 않았다. 이런 얘기를 할 필요가 없었고, 시간을 거슬러 올라왔다는 얘기도 모두 숨겼다. 이런 얘기를 잘못하면 미친 사람처럼 오해 받을 수 있다는 것도 숨기는 이유 중의 하나였고, 괜히 올리비아의 머리를 복잡하게 만들고 싶지 않기도 했다.

"이걸… 이스란이라는 분이 다 만드신 거라고요?"

"그렇다고 하더군요. 기존에 익힌 마법을 모두 포기하고 새로 마법을 익히셨다고 해요. 아무래도 한 번 갔던 길이라 빨랐다고는 하지만요."

"하아, 세상에 그런 천재가… 존재하는군요."

이건 창준도 올리비아와 같은 생각이었다.

마법이라는 것은 단순히 한 사람이 만들어낸 것이 아니라 엄청나게 긴 역사와 함께 발전해 온 학문이다. 그렇기에 기존의 학설을 모두 부정하고 새로운 가설을 만들어낸다는 건 어마어마한 일이다.

거기다가 자신의 가설을 얼마나 믿었는지 이미 익히고 있던 마법을 포기했다니, 올리비아는 동화 속에 있는 대마법사에 대한 얘기를 듣는 것 같았다.

"그러면 아스란이란 분은 어디에 계세요? 모른다고 하지 말아요. 저도 눈치가 있어서 거짓말을 하면 알아볼 수 있으니까요."

지금까지 수없이 거짓말을, 아니, 사실을 조금 왜곡해서 말해도 알아차리지 못한 올리비아였다. 대체 저런 자신감이 어디서 나오는지 알 수 없었다.

"사실 스승님은 이미 유명을 달리하셨어요."

"네? 말도 안 돼요! 그런 대마법사라면 이미 수명에 관계없이 살아갈 수 있거든요! 거짓말이죠?"

속으로 살짝 찔끔한 창준은 내색하지 않고 말했다.

"진짜예요. 천수를 누리신 건 아니고⋯ 저도 자세히는 모르지만 스승님의 죽음에는 흑마법사와 연관이 있다는 것만 알아요."

엉겁결에 대답한 것이기는 하나 자신이 한 말이 꽤 설득력이 있다고 생각했다. 그렇지 않아도 지금 암중의 흑마법사들이 보여주는 힘은 기존 원소 마법사보다 훨씬 강력했으니까.

"아, 그래서 흑마법사들이 창준을 그렇게 노리는 건가 보군요?"

딱히 설명을 덧붙이지 않아도 알아서 부족한 정보를 붙여서 생각하는 올리비아였다. 덕분에 창준은 쉽게 넘어갈 수 있었다.

잠시 생각하던 올리비아가 창준에게 물었다.

"그러면 창준은 새로운 마법 체계인 용언 마법으로 7서클 대마법사에 올랐다는 얘기가 되는 거네요. 맞죠?"

"아, 그렇죠."

거짓말을 할 여지는 없었다. 6서클 마법을 사용하는 것도 봤고 7서클에 오르는 순간까지 두 눈에 담은 올리비아이니 말이다.

거짓말을 하려면 7서클에 오른 건 아니고 약간의 깨달음을 얻었다고 할 수 있기는 하다. 대신 올리비아는 그 말을 믿지 않을 게 뻔했다. 더불어 거짓말을 한 창준에 대한 서운함 등이 부수적으로 다가올 것이고.

"그거 알아요? 용언 마법이든 아니든 창준은 전 세계

에서 단 두 명밖에 없는 7서클 마법사라는 걸요."

"전 세계에 7서클 마법사가 한 사람밖에 없어요?"

"원래는 두 사람이었죠."

필리다가 죽었다는 걸 떠올린 올리비아의 목소리가 조금 가라앉았다.

창준은 설마 7서클 마법사가 이렇게 적을 거라고는 생각하지 못했다.

아스란의 세계에서는 8서클 마법사만 세 명이 있었고, 7서클 마법사는 거의 이십 명이 넘을 정도였다. 아무리 현대가 과학이 발달했다고 하지만, 아스란의 세계에 비하면 마법 수준이 너무 낮았다.

"7서클 대마법사가 그렇게 적을 줄은 몰랐네요."

"그러니까 대마법사라고 불리는 거겠지요. 그나마 한 세대에 두 명의 대마법사가 나타난 건 이번이 처음이라고도 해요. 그러니 오히려 많이 늘어난 거라고 봐야겠죠."

아무래도 이상했다.

8서클은 인간이 오를 수 있는 궁극이라 적다고 하더라도 7서클이 이렇게 적은 건 이상했다. 그리고 이런 생각을 하자 페르낭이 생각보다 마법 이론에 대해서 빈약한 지식을 가지고 있던 게 떠올랐다.

'설마 일부러 8서클에 오르는 사람이 적도록 마법 이론을 최소한만 풀었던 걸까?'

현재 마법 이론을 구현했다는 포레스트 존 브레이크가 수작을 부린 건 아닌가 하는 생각이 들었다. 이미 필리다를 통해 포레스트에 대한 의심이 심어졌기에 생각이 여기까지 미친 것이다.

그렇다고 하더라도 뭔가 이상했다. 그렇다면 포레스트는 이전부터 아스란 세계의 지식을 가진 마법사였고, 어떤 목적에 의하여 약간의 마법 지식을 풀었다는 얘기가 된다.

아스란이 남긴 일리미트 비블리어시카에는 그쪽 세계의 마법사가 이곳으로 왔다는 말은 없었다.

'뭐가 뭔지 모르겠군.'

지금은 아무리 생각해 봤자 답이 나올 것 같지 않았다. 일단 포레스트 존 브레이크에 대한 정보가 너무 부족했다.

머릿속에 떠오르는 생각을 털어버린 창준은 올리비아를 보며 말했다.

"어쨌건 축하드려요."

"뭐가요?"

"5서클에 오른 거요."

7서클에 오른 창준은 올리비아가 5서클에 오른 걸 느낄 수 있었다. 이건 올리비아가 자신의 성취를 숨기려고 하지 않았기에 고 서클 마법사로서 느낄 수 있었다.

"이건 모두 당신 덕분인걸요."

"제 덕분이요? 아……!"

그러고 보니 자신이 각성하면서 마나의 폭풍이 올리비아에게 영향을 미쳤다는 걸 떠올렸다. 신기한 얘기는 아니었다. 아스란의 세계에서도 이런 식으로 영향을 받아 서클을 올리는 마법사가 있다는 얘기를 봤으니까.

그래도 아무나 이런 결과를 얻는 건 아니었다. 최소한 상위 서클로 올라갈 준비를 모두 마친 마법사들이나 마나의 폭풍에 벽을 넘어가는 것이지, 준비가 되지 않은 마법사는 그저 마나가 보충되는 정도밖에 얻지 못한다.

서로 입을 다물고 있으니 병실에 또 침묵이 돌았다.

한동안 가만히 있던 올리비아가 무슨 생각을 했는지 입술을 꼭 깨물고 창준을 바라보며 입을 열었다.

"마지막으로 하나만 물어볼게요. 왜… 저를 구하러 오셨어요? 그곳이 함정이고 목숨이 위험할 수 있다는 걸 뻔히 알고 있었을 텐데요."

'그러니까 당신을 구하려고 한 게 아니라 케이트가 납치된 줄 알았다니까.'

마음속에서는 이렇게 말하고 있었다. 하지만 이걸 그대로 말하는 건 미련한 짓이다. 세상에 누가 다른 사람과 착각해서 구하러 갔다는 말이 듣고 싶겠는가?

창준은 어깨를 으쓱하고는 대답했다.

"올리비아는 저에게 꽤 중요한 사람이니까요."

"중요한… 사람이요?"

"네. 어쩌면 몇몇 사람을 제외하고는 제가 가장 믿을 수 있는 사람이라고 생각하고 있어요. 간단하게 말하면 저는 당신이 죽는 걸 바라지 않아요. 만약 당신이 죽으면… 대단히 마음이 아플 거예요."

이건 솔직한 심정이다. 그만큼 올리비아를 믿는다는 말이다.

하지만 올리비아는 창준의 말을 어떻게 받아들였는지 모르겠다. 그저 그녀의 얼굴이 많이 상기되어 있고 볼에는 홍조까지 보이고 있다.

고개를 갸우뚱거린 창준이 왜 그러는지 물어보려고 한 순간 올리비아가 자리에서 벌떡 일어섰다.

"저, 저는 이만 나가볼게요."

"가시게요? 바쁘지 않다면서요."

"급한 일이 있는 걸 깜빡했어요. 그럼 나중에 봐요."

그러고는 후다닥 병실을 나갔다.

"자, 잠깐만⋯⋯."

창준은 나가는 올리비아를 잡으려고 했으나 이미 나간 이후였다.

'젠장, 케이트나 불러달라고 하려 했는데⋯⋯.'

CHAPTER
03

동행

ALCHEMIST

창준은 그날 하루 병실에서 자고 바로 다음 날 퇴원했
다. 의사는 물론이고 리처드까지 전화해서 좀 더 검사를
받고 퇴원하라고 했지만 거절했다. 자신이 어디가 아파
서 혼수상태에 빠진 게 아니라는 걸 아는데 굳이 그들의
말을 따를 필요가 없었다.

그동안 창준이 입원해 있던 병원은 사실 평범한 병원
이 아니었다. 정확하게 말하면 MI5나 MI6와 관련된 환자
만 비밀리에 입원하는 곳으로 특별한 사유가 있지 않은
이상 면회도 안 되는 곳이었다.

사실 바로 퇴원한 것은 면회도 안 된다는 사실이 컸다. 오랫동안 헤어져 있던 케이트를 어서 빨리 만나고 싶었기 때문이다.

창준은 마지막으로 숙박을 한 호텔41의 스위트룸으로 돌아왔다. 방은 올리비아를 구하기 위해 서둘러 나간 그 상태 그대로 있었다. 듣자 하니 리처드가 그대로 놔두라고 얘기한 모양이다.

방은 달라진 것이 없지만 이제는 창준을 감시해야 할 이유가 없으니 호텔에는 평범한 다른 손님들이 숙박을 하고 있었다.

창준은 방에 들어오자마자 바로 전화기부터 들고 케이트에게 전화를 걸었다. 아무래도 그동안 연락을 한 번도 못했으니 엄청나게 걱정하고 있을 거라는 생각에서였다.

신호음이 한 번을 채 울리기 전에 전화를 받은 케이트의 다급한 목소리가 들렸다.

─알스?

"그동안 연락하지 못해서 미안해요. 일이 있어서 연락을 못 했어요."

─대체 무슨 일이 있었던 거예요?

케이트의 목소리가 수화기를 통해 쩌렁쩌렁 울렸다. 크게 얘기하는 일도 거의 없는 케이트가 이렇게 대뜸 소리를 지르니 창준은 조금 당황할 수밖에 없었다.

"아… 그… 저… 일단 이번 일은 모두 해결됐어요. 이제 걱정하지 않아도 돼요. 오해는 모두 풀렸으니까."

—그럼 지금 만날 수 있다는 말이죠? 지금 어디예요?

"여기가… 호텔41이라는 곳인데…….."

—지금 당장 그 쪽으로 갈게요.

뚜! 뚜! 뚜!

창준은 전화가 끊어졌다는 신호음을 들으며 멍하니 있다가 난처한 표정으로 웃었다.

'이거… 아무래도 엄청 혼날 것 같은데?'

각오는 하고 있었다. 자신이라고 하더라도 케이트가 갑자기 사라져 연락도 안 되면 난리를 쳤을 것이다. 오히려 지금 케이트가 보여준 것보다 심할 가능성도 높았다.

수화기를 내려놓은 창준은 어쩔 수 없다는 듯 고개를 흔들곤 침대로 가서 벌렁 드러누웠다. 케이트가 이곳에 올 때까지 쉬고 있으려는 생각이다.

창준이 눈을 감고 잠시 후 객실 창문에 무언가 흐릿한 것이 나타났다. 무언가 사람 형상이 있기는 한데 윤곽만 어렴풋이 보일 뿐 투명인간처럼 의문의 물체 뒤가 투과되는 게 묘했다. 그 모습은 프레데터라는 영화에 나오는 우주 괴물이 클로킹을 했을 때와 흡사했다.

흐릿하게 보이는 사람의 윤곽은 창문을 소리 없이 열더니 안으로 들어와 다시 창문을 닫았다. 그리고 자리에서 일어나 창준을 보는데, 언제 일어났는지 창준이 고개만 들고 바라보고 있는 게 아닌가.

창준은 이런 알 수 없는 존재를 보고도 놀라지 않고 슬쩍 웃더니 말했다.

"주 대인이 어떻게 방에 들어오는지 궁금했는데 그런 방법으로 들어오는 거였군요."

"이, 이런, 보고 있었나?"

흐릿하게 보이는 사람의 윤곽은 어색하게 말하더니 점차 사람의 형상으로 변했다. 그리고 드러난 사람은 바로 주강이었다.

침대에서 일어난 창준은 신기하다는 눈으로 주강을 바라봤다.

"그건 뭡니까? 마법은 아닌 것 같은데요."

"잠행술이라고 불리는 건데… 이것 참, 쪽 팔리는군."

주강은 경지에 오르고 난 이후 잠행술을 펼치다가 들킨 적이 없었다. 아직 페르낭 앞에서 사용한 적은 없어도 마법과 무공의 차이를 생각하면 페르낭마저도 속일 가능성이 있다는 생각도 했다.

그런데 이런 주강의 자부심은 오늘 박살 났다.

우연히 창준이 바라봤다? 그건 말도 안 되는 일이다. 잠행술은 단순히 흐릿하게 보이는 것이 전부가 아니다. 정말 제대로 잠행술을 펼치려면 잠행술만 믿고 움직이는 게 아니라 주변 사람의 눈과 귀를 모두 파악하여 가장 최적의 순간에 은밀히 움직일 수 있어야 한다.

주강의 느낌으로는 창준이 분명 자신에게 신경 쓰지 못하고 있었다. 그렇기에 조심스럽게 들어온 것이다. 그런데 결과는 고개를 들고 멀쩡히 자신을 바라보고 있지 않는가.

이것이 말하는 건 창준이 이제 주강의 잠행술을 파악하고 자신의 이목을 속일 만큼 비약적인 성취가 있었다는 것이다.

주강이 묘한 눈으로 창준을 보며 말했다.

"자네… 많이 변한 것 같군."

"그래요?"

웃으며 말하는 창준에게서는 전과 조금 다른 점이 있었다. 여유였다.

전에는 일말의 긴장감이라도 있었다면 지금은 몸에서 전반적으로 여유가 흘렀다. 아무래도 그것은 새로운 성취를 얻은 게 결정적인 역할을 했을 것이다.

"보아하니 새로운 성취를 얻은 것 같은데… 어떤가?

그렇게 바라던 깨달음은 얻은 건가?"

"조그만 깨달음을 얻기는 했어요. 그게 보이나요?"

"오히려 반대지. 전에는 자네가 잘 보였다면 지금은 반대로 잘 보이지 않거든. 그건……."

'자네가 나를 위협할 수준이 되었다는 말이겠지.'

주강은 뒷말을 삼켰다. 그리고 이런 생각으로 자연히 연결되었다.

'본국에서는 이 녀석을… 처리하려고 할까?'

개인적으로 창준은 주강의 마음에 들었다. 힘을 가지고 있으면서도 그걸 이용해 누군가를 압박하는 위선자가 아니었으니까.

하지만 마음에 드는 것과 별개로 인접 국가에 위협적인 힘을 가진 개인이 있다는 건 중국에서도 꽤 신경이 쓰이는 부분이다. 그렇다고 한국이 중국과 막역한 동맹 관계도 아니지 않는가.

잠시 든 생각을 얼른 정리했다. 어차피 이런 건 자신이 고민할 필요가 없었다. 창준에 대해 보고를 하면 윗선에서 결론을 내릴 것이다.

'그런데 나는 이 녀석이 꽤 마음에 든단 말이야.'

주강의 입가에 희미한 미소가 떠올랐다.

창준을 처리하라고 주강에게 명령이 떨어진다고 그가

따라야 할 필요는 없었다. 애초에 감히 그에게 일방적인 명령을 내릴 사람이 없었다. 그것이 중국 주석이라고 하더라도 말이다.

보고를 하기는 할 거다. 그에 따른 대처를 어떻게 할지는 모르나 주강이 관여할 생각은 없었다.

"왜 웃어요?"

"대견해서 그런다, 대견해서. 불과 얼마 전까지만 하더라도 어떻게 깨달음을 얻는지 죽상을 하고 있었는데 말이야. 하하하!"

"제가 또 언제 죽상을 하고 있었다고……."

창준은 멋쩍게 머리를 긁으며 주강과 소파에 앉았다.

"소식은 들었네. 런던 인근에서 한바탕했다면서? 거기서 깨달음을 얻은 건가?"

"맞아요. 여행 다니기 바쁘시면서 그런 건 다 듣고 다니나 봐요?"

"어떻게 모르겠나? 방송에서 거의 매일 흘러나오는 기사인데. 그리고 내 말이 맞지? 고민하면서 폐관수련을 하는 것보다 차라리 한번 화끈하게 싸우면 오히려 깨달음을 얻기도 한다니까."

"두 번 화끈했다가는 바로 염라대왕 만나겠네요. 하마터면 죽을 뻔했다는 걸 아세요?"

"바로 그거지! 생사의 갈림길! 아주 짧은 촌각의 방식만으로 목숨이 달아나는, 피가 땀처럼 흐를 정도의 긴장감! 이런 경험이 깨달음으로 이어진 거야."

신난 듯 말하는 주강의 태도에 창준은 고개를 절레절레 흔들었다. 자신은 이번처럼 목숨을 내걸고 하는 싸움은 최대한 거절하고 싶었다. 이번에는 진짜 죽는 줄 알았으니까.

하지만 7서클에 오른 지금부터는 그런 경험이 별로 없을 것 같았다. 암중에 숨어 있는 흑마법사가 어느 정도 수준인지는 모르지만, 7서클인 자신의 힘으로 대부분은 감당이 될 것 같았다. 그만큼 지금 자신의 몸에서 느껴지는 마나는 엄청난 거력을 품고 있었다.

갑자기 거대한 힘을 갖게 되어 느껴지는 자신감일지도 모른다. 그래서 한국으로 돌아가는 즉시 자신의 힘에 대해서 알아볼 작정이다.

"그러면 이제 한국으로 돌아가는 건가?"

"아마도요. 원래의 계획보다 영국에서 머문 기간이 너무 길어졌어요. 가족들도 걱정하고 있을 것 같고……."

"기왕이면 조금 더 머물면서 관광이나 즐기는 것도 좋잖아. 나하고 같이 여행이나 다닐까?"

"사양할게요. 가족들이 엄청 걱정하고 있어서 즐겁지

않을 것 같네요."

병원에서 가족에게 전화를 하니 당연히 엄청 걱정하고 있었다. 무려 일주일 동안 연락이 안 됐으니 그럴 만도 했다.

"그럼 어쩔 수 없지. 한국으로 돌아가면 유전자 변형 마약에 대한 해독제를 보내주겠군."

"바로 보내드릴게요. 국정원에서 막으면 제가 따로 드릴게요. 이렇게 도와주셨는데 그 정도는 해야죠."

엄청 대단하게 도와준 건 없어도 아무런 연고가 없는 곳에서 은신처를 구해준 것만으로도 고마웠다. 그러니 빚을 지기 싫으면 확실하게 보답하는 게 옳았다.

"알겠네. 그럼 본국에는 그렇게 알리기로 하지. 전처럼 협상이 없다는 게 마음에 드는군. 본국에서도 좋아할 거야."

"저도 급한 상황에서 도움을 주셔서 고마웠어요."

자리에서 일어난 주강이 문득 생각난 것처럼 창준에게 물었다.

"그런데 자네, 정혼자는 있나?"

"정혼자요? 여자 친구가 아니라?"

"내가 눈을 폼으로 달고 다니는 게 아니거든. 자네 여자 친구라면 옆에 있는 케이트인가 뭐시긴가 하는 여자겠지. 아닌가?"

"아, 맞습니다. 근데 알고 계시면서 왜 물어보세요?"

"여자 친구라고 정혼자라는 말은 아니지. 원래 연애를 하면서 잘 헤어지기도 하지 않는가."

창준의 얼굴이 와락 일그러졌다. 이건 뭐 헤어지기를 비는 것처럼 느껴졌다.

"그럴 생각 없거든요! 이대로 잘 만나다가 결혼까지 갈 겁니다!"

"그건 자네 생각일 수 있고, 그 여자가 헤어지자고 할 수도 있는 거잖아."

"대체 무슨 말을 하는 겁니까? 아니, 하고 싶은 말이 뭐예요?"

발끈해서 말하는 창준의 반응이 재미있는지 주강이 히죽거리며 웃었다.

"뭘 그렇게 화를 내고 그러나? 아니면 아닌 거지."

"그러니까 하고 싶은 말이 뭐냐고요. 쓸데없이 이런 얘기를 했을 리는 없잖아요. 괜히 내가 화나도록 만들고 싶은 게 아니면요."

"별건 아니고, 내가 참한 아가씨 하나를 소개해 주려고 그런·거지. 여자 친구와 진지하게 만나는 게 아니면 한번 생각이나 해보라고 말이야."

"됐거든요! 그리고 저 아직 젊습니다. 본 적도 없는 여자와 중매로 만나고 싶지도 않고요."

"누가 본 적도 없는 여자를 소개시켜 준다고 했나? 자네도 알고 있는 사람이고, 그 아이도 자네에게 꽤 호감을 갖고 있는 것 같던데……."

"저한테 호감이 있는 사람이라고요?"

살아오면서 여자에게 관심을 받아본 일이 거의 없는 창준이다. 그러니 누군가 자신에게 호감이 있다니 호기심이 드는 게 사실이다. 그래서 잠시 누구를 말하는지 생각해 봤지만 떠오르는 사람이 없었다.

주강이 그런 창준에게 여전히 히죽거리는 얼굴로 물었다.

"궁금한가?"

"…궁금하기는 한… 아니, 됐습니다! 별로 궁금하지도 않으니까."

"자네하고 라스베가스에서 만난 아이라네."

"라스베가스… 아, 그 여자!"

그제야 소결을 떠올리는 창준이다. 얼마 전 비행기에서도 주강에게 한 번 더 얘기를 들었었지만 전혀 신경 쓰지 못하고 있었다. 그만큼 소결은 창준에게 관심이 없는 사람이었다. 지금도 누군지는 떠올렸지만 얼굴까지 세세히 기억나는 건 아니었다.

주강이 알기에 역대로 누군가를 자신의 사람을 만드는 가장 좋은 방법은 역시 정략결혼이었다. 지금도 이걸 이뤄내기만 하면 본국에서 창준에 대한 얘기를 듣고 어떤 결정을 내릴지 생각할 필요도 없었다. 어차피 나중에는 중국에 호의적인 사람이 될 테니까.

주강이 은근한 목소리로 말을 늘어놓기 시작했다.

"내 제자라서 하는 말은 아니고, 자네도 봤지만 그 아이 정도면 연예인보다 예쁘지."

"좋겠네요. 제자가 그렇게 예쁘다니."

"성격은 또 얼마나 좋은지 아나? 성격이 차분해서 남자가 같이 있으면 안정적인 느낌을 줄 거라네. 자네와 같은 사람에게 딱 어울릴 거라 생각되는군."

"그렇군요."

"그것뿐인 줄 아나? 생활력도 강해서 돈도 많이 모았고, 가족을 얼마나 위하는지 누가 데려가도 시부모에게 효녀 소리 들을 걸세."

"대단하네요."

주강의 눈이 살짝 찌푸려졌다. 창준이 대답은 하고 있었지만 영혼이 없는 대답이었다.

'남자 새끼가 뭐 이래? 내가 너무 약하게 말했나? 어디

보자. 남자가 좋아하는 게… 아, 맞다!'

"거기다가 무공을 익히고 있어서 몸의 탄력이 끝내주는데 아마 밤일도… 그 시선은 뭔가?"

한창 자랑처럼 말하던 주강은 쓰레기를 보는 눈으로 자신을 보는 창준의 시선에 눈을 찌푸리며 말했다.

"자기 제자라면서요? 그런데 그런 저질스러운 표현은 뭡니까?"

"아니, 이건 내가 설명을……."

"설명이 아주 이상합니다. 누가 들으면 노망났다고 할 거예요."

"노, 노망? 내가 노망날 나이인 것 같나?"

원래 노인이라고 불릴 나이가 되면 노망이라는 말에 민감해지게 마련이다.

겉으로 보이는 모습은 이제 40대 초반이지만, 실제 그의 나이를 생각하면 그 역시 노망이라는 말에 민감해질 수밖에 없었다.

발끈해서 소리치는 주강을 보고 창준이 단호하게 말했다.

"그런 오해를 받지 않으려면 이상한 소리를 하지 말아야죠. 보아하니 그 여자를 저한테 어떻게든 붙여주고 싶은 것 같은데, 포기하세요. 지금 저한테는 오로지 케이트밖에 보이지 않으니까요."

"알았네, 알았어. 그냥 한번 해본 소리야. 말 한번 잘못했다가 살인나겠어. 아무튼 난 이만 가보겠네."

그러고는 문을 열고 나갔다.

더 이상 얘기를 하지 않고 객실을 나온 주강이지만 사실 속마음은 달랐다.

'지금이야 이렇게 나오지만 나중에 자리를 만들어서 한번 만나게 해봐야겠군. 아니, 차라리 한국으로 소결이를 파견 보내는 것도 괜찮겠어. 남자와 여자는 자주 만나다 보면 자연히 정분이 나는 거니까.'

무공에 미쳐 여자를 단 한 번도 만나본 적이 없는 주강은 그렇게 믿었다.

주강이 나가고 난 이후 조금 진이 빠진 얼굴의 창준은 소파에 털썩 앉았다.

'아무래도 저 양반이 쉽게 물러선 게 심상치 않아. 이상한 수작이라도 부리지 않았으면 좋겠는데…….'

주강과 짧지만 제법 오랜 시간을 만나며 그가 생각보다 집요한 구석이 있다는 걸 알고 있는 창준은 주강이 이렇게 쉽게 돌아간 게 더욱 불안했다. 분명 뒤에서 다른 짓을 벌일 것처럼 느껴졌다.

'쓸데없는 짓을 하지 않도록 여지를 주지 말아야겠어.

이러다가 괜히 케이트가 오해하면 곤란······.'

벌컥!

창준이 다른 생각을 하고 있는 사이에 문을 열고 들어온 사람은 케이트였다.

소파에서 일어선 창준이 뭐라고 말을 하기도 전에 케이트가 달려와 창준의 품에 와락 안겼다.

"무사해서··· 다행이에요."

"당연히 무사하죠. 나한테 무슨 일이라도 있을 줄 알았어요?"

자신의 품에 안긴 케이트의 등을 쓰다듬던 창준은 그녀가 얼굴을 묻고 있는 가슴이 축축하게 젖어오는 걸 느꼈다. 뭐라고 말을 하려던 창준은 이내 입을 다물고 조용히 케이트의 머리를 쓰다듬으며 그녀가 진정하기를 기다렸다.

"벌써 이번이 두 번째예요."

"미안해요. 나도 이런 일이 생길 줄 몰랐어요. 다음에는 진짜 이런 일이 없을 거예요. 연락이 안 될 것 같으면 미리 말할게요. 그러니까 이제 울지 말아요."

창준은 케이트의 얼굴에 흐르는 눈물을 닦아줬다. 그 손길을 눈을 감고 느끼던 케이트가 말했다.

"빨리··· 우리가 있던 한국으로 돌아갔으면 좋겠어요."

"당신이 그걸 원한다면 당장 떠날 수 있어요. 지금 바로 비행기를 알아보죠."

그러고는 품에 있는 케이트를 꼭 끌어안았다. 따뜻하고 부드러운 케이트의 감촉에 부족하던 것들이 모두 채워지는 느낌이다.

＊　　　＊　　　＊

"그 녀석을 처리하는 데… 실패했습니다."

밀러 회장이 어렵게 말을 꺼냈다. 그걸 들은 두건을 쓴 남자가 크게 동요했다. 얼마나 크게 동요했는지 그를 감싸고 있는 마기가 크게 일렁이는 게 육안으로 보일 정도였다.

―허허, 믿어지지가 않는구나. 실패한 것이 확실한가?

"거의 확정적입니다."

―그게 가능한가? 제프리는 5서클이었다. 거기다가 복용한 강마의 씨앗이 발아했다면 6서클 마법사라고 하더라도 감당할 수 없을 텐데, 아무리 잘 봐줘도 이제 5서클 마법사인 동양의 마법사가 제프리를 상대로 이겼다는 게 납득할 수 없구나.

두건을 쓴 남자의 말대로라면 제프리가 실패할 일이

없었다. 최악의 경우 제프리가 죽는다고 하더라도 맡은 임무는 성공적으로 수행했어야 한다.

밀러 회장이 조심스럽게 말했다.

"제가 알아본 바로는 페르낭 바넬이 런던에 있었다고 합니다."

─페르낭 바넬? 7서클 마법사 페르낭 바넬이 말이냐?

"그렇습니다."

─프랑스에 있어야 할 페르낭이 왜 런던에 있었지?

"그건… 확인이 되지 않습니다. 지금까지 알아낸 바로는 그가 런던에 있었다는 정보뿐입니다."

─페르낭이 런던에 있었다……. 그가 제프리를 상대했다면… 제프리가 아무리 강마의 씨앗이 발아한 상태라고 하더라도 감당할 수 없었을 것 같기는 하다만… 정말 운이 좋은 놈이군.

거의 이해할 수 없을 정도로 운이 좋았다.

라스베가스에서는 CIA에 소속된 능력자와 함께 4서클 마법사인 스펜서를 상대로 살아남았고, 호문클루스를 상대로는 정체가 알려지지 않은 한국의 능력자가 있어서 살아남았다. 그런데 이번에는 우연히 7서클 마법사가 제프리를 처리해 줬다.

한 번만 살아남아도 이상한 판국에 연속해서 세 번이

나 살아남은 창준이라는 동양인 마법사를 마치 하늘이 그를 보호하고 있는 것처럼 느껴질 지경이다.

밀러 회장은 잠시 말없이 가만히 있는 두건을 쓴 남자를 보고 뭔가 결심한 듯한 표정을 지었다.

"동양의 마법사는 제가 직접 처리하도록 하겠습니다."

—네가? 공인이나 다름없는 네가 나서면 꽤 시끄러워질 것 같은데…….

"그렇지만 확실하게 그를 죽일 수 있겠지요. 단 하나의 변수도 생기지 않도록 만들 테니 마스터께서는 그렇게 고민하실 필요 없습니다."

아마도 그럴 것이다. 밀러 회장은 전폭적인 지원을 받으며 얼마 전에 7서클까지 올랐으니까.

하지만 두건을 쓴 남자는 고개를 저었다.

—그럴 필요 없다.

"…그를 그냥 놔두실 생각이십니까? 그를 이대로 놔두면…….

—이제 곧… 약속된 그날이 도래할 것이다.

두건을 쓴 남자의 말에 밀러 회장의 눈이 커다랗게 변했다.

"드, 드디어 그날이 온 겁니까?"

—후후! 그렇지. 그놈이 아무리 난리를 친다고 하더라

도 겨우 5서클 마법사. 그날이 도래하면 그런 잡초 같은 놈들은 안개처럼 사그라질 것이다. 괜히 네가 나서서 많은 사람들의 주목을 받느니 마지막까지 숨기는 게 좋을 것이야.

밀러 회장은 크게 고개를 끄덕이며 잔뜩 고무된 목소리로 대답했다.

"믿습니다, 마스터! 그러면 마스터께서 명하신 대로 그냥 두도록 하겠습니다."

─그래도 가만히 있으면 괜한 병력만 소모될 것 같으니 동양의 마법사가 만든다는 해독제는 어떻게든 막도록 해라. 완전히 막지는 못하더라도 시간을 벌 정도면 충분하기도 하고.

"알겠습니다. 한국의 특성상 해독제를 만들면 미국으로 어떤 방식으로든 넘어올 것이니 그걸 손대면 시간을 충분히 끌 수 있을 겁니다."

두건을 쓴 남자는 밀러 회장의 말에 두건 밑으로 보이는 입술에 살짝 호선을 그렸다.

*   *   *

원래 목표는 바로 한국으로 떠나는 것이었다. 케이트

가 바란 것이기도 하고, 창준도 꽤 오랫동안 가족을 보지
못했기에 결정한 일이다.

최대한 빨리 한국으로 가는 비행기 표를 알아보면서
그래도 인사는 하고 가야겠다는 생각에 MI5 국장인 리처
드에게 연락했다. 그리고 창준과 케이트는 다시 발이 묶
이고 말았다.

전처럼 수배를 했다는 말은 아니다. 오히려 창준에게
는 좋은 일로 발이 묶였다.

리처드는 창준이 영국을 떠난다는 말을 듣자마자 이렇
게 보낼 수 없다며 이번에 논의한 포션에 대한 얘기를 꺼
냈다. 포션에 대한 효능도 훌륭했고 영국에 큰 이익이 될
사업이기에 적극적으로 나온 리처드였는데, 이번에는 창
준이 곤욕스러운 일을 당한 것에 대한 보상까지 포함되
어 사업이 급진전되기 시작한 것이다.

창준은 영국에 대단히 큰 도움을 주고 있는 사람이었
다. 그것이 경제적으로든 마법진에 대한 것이든 말이다.

그런데 이번 영국행에서 얼마나 부당한 대우를 받았는
가. 직접적으로 암살 위험에 빠진 것은 물론이고 심지어
누명까지 써서 수배를 당하기도 하지 않았는가.

리처드의 입장에서는 단단히 보상을 하고 그들의 관계
를 다시 돈독하게 바꾸고 싶은 것이 당연했다. 이건 리처

드만의 생각이 아니었다. MI6의 생각도 같았다.

올리비아를 쳐내면서 관계가 악화된 게 제프리의 수작 때문이었고, 제프리가 배신자라는 걸 알게 되었으니 그들도 이대로 있을 수 없어서 리처드에게 적극 협력을 약속했다. 심지어는 비밀리에 이름도 제대로 밝혀지지 않던 MI6 국장이 창준을 찾아올 정도였다.

한국으로 빨리 떠나고 싶었지만 이런 기회를 그냥 두고 떠날 수는 없었다. 이건 창준보다 사업을 실질적으로 총괄하고 있는 케이트가 먼저 한 얘기였다. 이제는 사업가라고 할 수 있는 케이트였기에 자신의 감정마저 억누르고 일을 하려는 것이다.

보상이라는 전제가 깔린 MI5를 비롯한 영국 정부의 적극적인 지원에 사업적으로 걸출한 능력을 지닌 케이트가 의욕적으로 나서니 모든 일은 일사천리로 진행되었다.

공장 부지를 선정하는 부분은 다른 거대 기업에 내정되어 있던 곳을 중간에 가로채는 식으로 알케미에게 지정되었고, 제약 부분 라이선스를 비롯한 각종 심의는 독일 아우토반을 달리는 슈퍼카처럼 통과되었다.

이렇게 일이 빨리 통과되다 보니 내부 보안이 허술하게 변할 수밖에 없었다. 어차피 감춰야 할 부분은 임상실험이 짧았다는 것뿐이었기에 그것만 잘 숨기면 되는 일이기는 했다.

단지 포션에 대한 내용이 언론에 흘러나가는 걸 전혀 파악하지 못했다는 게 약간의 문제였을 뿐이다.

—알케미라는 회사를 아실 겁니다. 흔히 클린—1이라는 세탁기를 만드는 회사로 알려져 있는데요, 이 회사의 계열사로 등록되어 있는 알케미 제약회사에서 이번에 놀라운 효과를 가진 신약을 개발해 이목이 집중되고 있습니다. 엘리엇 기자가 자세한 소식을 알아봤습니다.

아름다운 미모의 여자 앵커의 말이 끝나자 포션은 아니지만 약이 생산되는 영상이 나오며 굵은 남자의 목소리가 흘러나왔다.

—이번에 알케미 제약에서 만든 신약은 아직까지 정식 명칭이 정해지지 않고 포션이라는 이름으로만 불리고 있습니다. 아직 정확한 효능 효과가 나오지는 않았지만, 현재 유출된 영상에 따르면 상처를 회복시키는 데 탁월한 효과가 있다고 합니다.

그러면서 창준과 케이트에게는 익숙한 포션이 나오고 약간의 자상을 입은 상처에 내용물을 흘리는 게 나왔다. 그러곤 마치 영상을 거꾸로 돌리는 것처럼 환부의 자상이 빠르게 복구되며 종국엔 흉터조차 남지 않았다. 영상

속에서는 이걸 증명이라도 하는 듯이 알코올 거즈로 상처가 났던 부분을 닦았는데 피부가 깨끗했다.

─보시는 영상은 아무런 조작도 없는 것이며, 향후 이 약품을 판매하게 된다면 기존의 제약회사들은 물론이고 병원에서 치료를 위한…….

창준은 얼떨떨한 얼굴로 뉴스를 보며 케이트에게 물었다.

"이 방송… 케이트가 승인한 거예요?"

"저도 얼마 전에 알았습니다."

"아니, 이 영상은 어떻게 얻었대요?"

"일단 리처드 국장과 얘기해 봤는데, 이번 일을 급하게 처리하는 과정에서 보건당국에 있는 사람이 영상을 유출한 것으로 알려왔습니다."

선진국이라는 영국이지만 부패한 사람은 있는 것 같다. 아니, 어쩌면 아무런 생각도 없이 신기한 약이 나온다는 얘기를 지인하게 말하며 영상을 보여줬는데 유출된 것일 수도 있었다.

'그렇다면 또 퍼거슨 감독의 의문의 1승이겠군.'

사실 이런 건 유출되더라도 상관은 없었다. 오히려 이 방송으로 인하여 전 세계의 모든 이목을 집중시킬 수 있으니 훌륭한 홍보가 될 것이다. 물론 유출한 사람은 유출한 대가를 받겠지만 말이다.

"어떻게 할까요?"

"뭐를요?"

"불법으로 취득한 영상을 내보낸 것으로 방송국을 고소할 수 있어요. 그쪽에서는 언론의 자유를 외치겠지만, 내부 기밀 자료를 허가 없이 방송하여 저희에게 피해를 입혔다고 하면 충분히 대가를 얻어낼 수 있을 거예요. 거기다가 영국 정부에서는 우리를 적극적으로 도와주고 있으니 일은 더 쉽게 풀릴 거고요. 그러곤 공식적으로 사과 방송과 함께 포션에 대해서 사실 무근이라는 기사를 내보내는 거죠."

"…굳이 그래야 할 필요가 있어요? 저 방송으로 인해서 저희 홍보가 되었잖아요."

당연히 할 수 있는 얘기다.

"정상적인 상황에서 저희가 제공한 기사로 나갔다면 좋은 홍보가 되겠지요. 하지만 저희는 이제 공장을 준비하는 중이에요. 그런데 오늘 나간 뉴스로 인해서 주변에서 귀찮은 일들이 벌어질 거라고 생각되는군요."

"귀찮은 정도면 그냥 넘어가도록 하죠. 남들은 돈을 들여가며 광고를 하는데, 오늘 뉴스로 인해서 자연스럽게 홍보가 되었잖아요. 그러면 조금 귀찮은 정도는 그냥 넘어가도 될 것 같은데요."

이미 죽을 때까지 써도 다 쓰지 못할 정도로 많은 돈을 가진 창준이다. 그런데도 기회만 있으면 한 푼이라도 아끼려는 그의 성격은 여전히 달라지지 않고 있었다.

"정말 귀찮을 수 있어요. 괜찮겠어요?"

"귀찮아봤자 얼마나 귀찮겠어요. 이렇게 홍보가 됐으니 서둘러 제품 생산을 준비해야겠군요."

창준은 웃으며 대답했다.

그는 케이트의 말에 귀를 기울여야 했다.

삼 일에 걸쳐 남은 일정을 모두 소화한 창준과 케이트는 한국행 비행기를 타고 다시 한국으로 돌아가기로 했다.

퍼스트클래스에 자리 잡은 창준의 얼굴에는 드디어 한국으로 돌아간다는 기대가 잔뜩 서려 있었다.

"드디어 한국으로 돌아가네요."

"이번 영국행은 정말 너무 길었어요."

케이트 역시 기분이 좋은지 항상 무표정하던 평소와 달리 얼굴이 밝았다. 그렇다고 하더라도 다른 사람이 보면 여전히 무표정하게 보이겠지만, 창준은 아주 약간의 변화밖에 없는 케이트의 표정을 정확히 읽었다.

"그리고 역시 제 말이 맞잖아요."

"뭐가요?"

"방송이요. 그 뒤로 추가적인 뉴스가 나온 것도 아니고 달라진 것도 없어요. 그래도 뉴스를 본 사람들은 포션이 정식으로 판매되면 기억할 거예요."

창준은 자신의 말이 맞았다는 것이 좋은지 득의양양한 웃음을 지었다.

방송이 나가고 영국에 체류하는 삼 일 동안 그들에게 달라진 건 없었다. 기자가 찾아오는 일도 없었고 다른 어떤 일도 발생하지 않았다.

케이트는 왜 아무런 일이 없었는지 잘 알고 있었다.

사실 방송에 포션에 대한 뉴스가 유출된 여파는 생각보다 훨씬 컸다. 지금도 세계의 주요 뉴스에서는 영국 방송국에서 방송한 포션에 대한 뉴스를 연일 방송하고 있었고, 인터넷에서는 더욱 열광적인 반응이 이어지고 있었다. 뿐만 아니라 아직 기업 공개를 하지 않고 지분을 온전히 소유하고 있는 창준에게 빨리 기업 공개를 하라는 여러 가지 압박까지 들어오는 상황이었다.

하지만 이 모든 게 케이트의 선에서 창준에게 알려지지 않도록 처리되고 있었다. 리처드 국장은 기자들이 창준을 찾아가지 않도록 최대한 억제했고, 다행히 창준은 영국이라서 그런지 뉴스를 즐겨 보지 않았다.

이런 상황이니 창준은 아무런 여파가 없다고 생각할 수밖에 없었다.

'이제는 당신이 전면에 조금 노출될 것 같군요.'

케이트는 한국으로 돌아가면 일어날 일들을 생각하며 슬쩍 미소를 지었다.

그녀가 이런 결과를 알면서도 조용히 있는 건 창준을 골탕 먹이기 위함이 아니다. 회사가 점점 커지는 상황에 대표이사가 계속 얼굴을 감추고 있는 건 회사에도 좋지 않았다. 심지어 지금은 케이트가 회사의 대표가 아니냐는 추측까지 나오고 있는 상황이다.

이런 모든 논란을 잠재우려면 이제 슬슬 창준이 언론에 노출되는 것이 좋았다. 물론 앞으로도 거의 모든 일을 그녀가 처리할 거라 창준에게 달라지는 점은 거의 없을 것이다.

이걸 모르는 창준은 분란을 줄이고 돈도 아꼈다는 생각에 여전히 히죽거리고 있었다.

그들이 그러고 있는 사이, 한 사람이 퍼스트클래스로 들어와 창준의 건너편 자리에 앉았다.

새로 퍼스트클래스로 들어온 사람에게서 풍기는 진한 마나의 향을 맡은 창준이 고개를 돌려 확인한 순간 눈이 커다랗게 떠졌다.

"올… 리비아?"

"오랜만이에요."

환하게 웃으며 말한 올리비아는 자기 좌석에 가볍게 앉으며 말했다. 그녀의 말대로 오랜만이기는 했다. 병원에서 헤어진 이후 올리비아와 전혀 만나지 못했으니까. 그나마 떠나기 전에 오늘 한국으로 간다고 전화를 해준 것이 전부였다.

올리비아의 눈동자는 창준을 담으며 아름답게 반짝거리고 있었다. 마치 무언가를 기대하는 듯 기쁨과 즐거움이 잔뜩 서려 있었다.

잠시 멍하니 올리비아를 바라보던 창준이 정신을 차리고 급하게 물었다.

"대체 무슨 일이에요? 올리비아도 한국으로 가는 건가요?"

"보시다시피 그러네요."

"무슨 일로요? 설마 MI5에서 저를 따라가라고……."

"그건 아니에요. 전 이미 MI5를 그만뒀거든요. 저번에 말하지 않았나요?"

생각해 보니 병원에서 그런 얘기를 한 것 같다.

"그러면 그때 할 일이 있다는 말이… 설마……."

"맞아요. 당신을 따라가는 거였어요."

"아니, 나를 왜 따라와요? MI5도 그만뒀다면서요."

"그냥… 창준 옆에 있는 게 좋으니까요. 설마 MI5에서 시켰기 때문에 제가 창준을 항상 믿은 거라고 생각하는 건 아니겠죠?"

당연히 그런 생각은 해본 적이 없다. 만약 그랬다면 MI5에서 자신을 적대시하고 있을 때, 그녀는 창준이 배신했다고 생각했을 테니까.

하지만 이렇게 대놓고 자신이 좋아서 따라간다는 말은 어떻게 받아들여야 할지 알 수 없었다. 그녀의 말은 마치 자신에게 어떤 애정이 생겼다는 고백 같지 않은가.

창준은 슬쩍 케이트의 얼굴을 살폈다. 그녀 역시 자신처럼 올리비아의 말에 어떤 의미를 깨닫고 기분 나쁘게 생각하지 않을까 걱정되었기 때문이다.

하지만 케이트의 얼굴은 평소처럼 무표정했다. 요즘은 간신히 케이트의 미약한 표정 변화를 보고 그녀의 기분이나 감정을 알아채기는 했지만, 지금처럼 완전히 무표정할 때는 그녀의 마음을 알아챌 수 없었다.

"그렇게 생각하진 않았어요. 그런데 한국으로 들어가면 제가 바쁠 것 같은데, 옆에 있을 시간이나 있을지 모르겠군요."

"항상 붙어 있을 수 있나요? 저도 일을 해야죠. 이제 백수니까 말이죠."

"일? 무슨 일을 하려고요? 설마 국정원에서 일하겠다는 건 아닐 테고……."

"당연한 말씀을 하네요. 들어보니 한국에 대단히 유망한 회사가 있다고 하더군요. 회사가 생긴 지는 얼마 되지 않았는데 기술력이 뛰어나서 전 세계적으로 큰 이슈를 만드는 곳이라고요."

뭔가 불안했다. 이상하게 그 회사가 자신이 아는 곳일 것만 같았다.

"회사 이름이…"

"알케미라고 해요."

올리비아의 입에서 알케미라는 이름이 나오는 순간, 케이트의 미간이 살포시 찌푸려졌다가 펴지는 걸 창준은 알아차리지 못했다. 하지만 올리비아는 그걸 봤다.

진한 미소를 띤 올리비아가 말했다.

"영국에 훌륭한 인맥을 가지고 있고 능력도 출중하며 급여 조건으로 까다롭게 굴 생각 없어요. 이 정도라면 아마도 알케미에 합격할 수 있겠죠?"

"하하, 글쎄요. 제가 인선을 직접 하지를 않아서……."

"그래도 사. 장. 님이시니까 한마디만 해주면 원활할

것 같은데요?"

집요한 올리비아의 말에 창준의 얼굴이 점점 당황스럽
게 변해갔다.

불편한 분위기 속에서 비행을 시작한 항공기는 목표로
한 한국 인천공항을 향해 빠르게 날아갔다.

CHAPTER
04

새로운 문제

ALCHEMIST

미국 조지아주에 있는 애틀랜타에는 조지아 수족관, 사이클로라마 공연장, 조지아 스톤 마운틴 공원 등 여러 관광지가 있다. 그렇기에 사람들이 익히 아는 곳이 이곳에 있다는 걸 모른다.

질병예방통제센터(Center for Disease Control and Prevention).

흔히 CDC라고 부르며 각종 영화에 단골 소재로 나오는 이곳이 바로 애틀랜타에 있었다.

CDC는 흔히 전염병을 연구하는 곳으로 알려져 있는

데, 사실은 그것과 달랐다. 전염병 연구는 그들이 하는 일 중 하나일 뿐이다. CDC는 사실 일 년에 거의 90억 달러에 달하는 예산을 받아 운영하는 바이오 연구의 핵심 거점이었다.

물론 그렇다고 CDC가 영화에 나오는 모습과 아주 큰 차이를 보인다는 말은 아니다. 실제로 전염병이 미국 내에 창궐하면 가장 먼저 움직이는 곳이 바로 CDC였으니 말이다.

앤더슨은 CDC의 연구원이다. 정확히 말하면 하나의 프로젝트를 총괄하는 치프를 맡고 있었고, 그런 자리에 어울릴 만큼 CDC에서는 천재로 이름이 높은 사람이었다.

하지만 그런 앤더슨이 요즘은 온갖 스트레스로 지쳐 있었다. 그가 스트레스를 받는 건 다름 아닌 유전자 변형 마약 때문이었다.

아무리 연구해도 유전자 변형 마약을 해독할 수 없었다. 중독성은 물론이고 변이된 유전자를 원래대로 바꾸는 방법까지 모든 게 기존 지식을 가지고는 해결이 되지 않았다. 오죽 답답했으면 앤더슨 스스로 유전자 변형 마약을 먹고 증상을 살펴가며 연구하고 싶을 정도였다.

머리에 원형탈모가 생길 정도로 고민하던 앤더슨에게

희소식이 전해진 것은 얼마 전이었다. 한국에서 유전자 변형 마약에 대한 해독제가 나왔다는 것이다.

처음에는 헛소리라고 생각했다.

한국은 세계 의료 약품 시장에서 그리 주목받는 곳이 아니었다. 그런데도 유전자 변형 마약의 해독제를 만들었다는 말에 신뢰할 수 없는 건 어쩌면 당연한 일이라고 할 수 있었다.

하지만 임상실험 결과를 받아본 이후에는 달라졌다. 실제로 완벽한 효능을 보이고 있었다.

당장 한국에 요청해서 빨리 해독제를 보내달라고, 이곳에서 연구를 해보겠다고 말했다. 그리고 그것이 바로 오늘 CDC에 도착하는 날이다.

연구실에서 이제나저제나 기다리고 있던 앤더슨은 연구실 문이 열리는 소리에 벌떡 일어나며 소리치다가 의문형으로 바뀌었다.

"도착했… 센터장님?"

연구실에 들어온 사람은 두 명이었는데 연구원이 아니었다. 한 사람은 날카로운 인상을 가진 백인 남성이고, 다른 한 사람은 체격이 좋은 건장한 흑인이었다. 두 사람 모두 40대 후반으로 보였다.

백인 남성은 앤더슨도 잘 알고 있는 CDC의 수장인 다운스였지만, 흑인 남성은 지금까지 이곳에서 한 번도 본 적이 없는 사람이었다.

"한국에서 유전자 변형 마약의 해독제는 도착했나?"

"아직 안 했습니다만……."

"잘됐군. 이쪽은 CIA 부국장이신 해리 테넌이네."

"처음 뵙겠습니다."

웃는 얼굴로 인사를 하고 악수를 하면서도 앤더슨의 머릿속에서는 다른 생각이 들고 있었다.

'CIA? 거기서 이곳에는 왜? 거기다가 부국장이라 니…….'

유전자 변형 마약에 대해서 CIA 역시 주목하고 있다는 건 알고 있었다. 가장 신경 쓰는 쪽은 미국 내를 주시하고 있는 FBI였지만 해외에서도 유전자 변형 마약이 대단히 이슈가 되고 있는 걸 알고 있으니 이해할 수 있었다.

하지만 부국장이라는 직책을 가진 사람이 직접 방문할 거라고는 생각하지 못했다. 심지어 아직 해독제를 만들지도 못했고, 한국에서 온다는 해독제가 제대로 약효를 발휘하는지도 확인하지 못하지 않았는가.

하지만 이런 의문은 단 하나도 얼굴에 드러내지 않았다. 그저 웃는 얼굴로 툭 던지듯이 물었다.

"그런데 제 연구실에는 무슨 일로 오셨습니까?"

해리 부국장은 사람 좋게 웃었다. 사람들은 CIA 부국장이라는 직책을 맡은 사람이라면 냉철한 모습을 떠올리겠지만, 지금 보이는 해리 부국장의 모습은 옆집 아저씨 같은 분위기였다.

"오늘 한국에서 보낸 유전자 변형 마약의 해독제가 도착한다고 들었습니다. 저희가 알아보니 해독제를 보낸 곳이 한국의 질병관리본부가 아니라 한국의 NIS(국정원)이라고 하더군요. 우방인 한국에서 보낸 것이니 당연히 문제는 없겠지만 혹시나 하는 마음에 해독제가 도착하면 참관만 하려고 합니다."

조금 억지스럽기는 하지만 그렇다고 딱히 문제가 되는 부분도 없었다. 무엇보다 센터장인 다운스와 함께 왔으니 지금 한 말보다 더 조악한 핑계를 대더라도 넘어갈 수 있었다.

그것으로 끝이었다. 어차피 연구를 하는 걸 제외하고 사내 정치조차 관심이 없는 앤더슨이었기에 더 질문을 할 필요가 없었다.

해리 부국장이 물었다.

"그런데 한국에서 온다는 해독제가 과연… 효과가 있겠습니까?"

"저도 아직 모르겠습니다. 생각지도 못한 곳이라서 말

입니다. 하다못해 일본도 아니고 한국이라니⋯⋯."

해독제라는 말에 기대가 부풀어 있는 앤더슨이었으나 솔직히 제약 부분에서 큰 두각을 나타내지 못하는 한국이었기에 의문이 들었다.

"그래도 한국에서 교차 검증을 위해 이곳으로 보냈으니 최소한 효능이 있지는 않겠냐는 것이 제 생각입니다. 조금이라도 효능이 있으면 아직 돌파구를 찾지 못한 저희에게는 하나의 방향을 제시하는 효과라도 있을 테니까요."

해리 부국장은 앤더슨의 말에 눈빛을 살짝 빛냈다.

"그렇군요. 아무래도 효과가 있기를 바라야겠습니다. 아직 수면 위로 올라오지는 않았지만, 전 세계가 유전자 변형 마약 때문에 골머리를 싸매고 있으니까요."

그들이 이런 얘기를 하는 사이, 연구원 하나가 보안이 철저히 적용된 작은 상자 하나를 가져왔다. 그걸 본 앤더슨은 지금까지 보이던 태도가 사라지고 누구나 알아볼 수 있을 정도로 동요한 얼굴이 되었다.

"한국에서 온 건가?"

"맞습니다!"

서둘러 연구원이 들고 있는 상자를 받은 앤더슨은 박스를 실험대에 올려놓고 개봉했다. 상자 안에는 상태 보존을 하기 위한 물품들 사이에 작은 약병 하나가 들어 있었다. 약병에는 파란 알약 십여 개가 들어 있었다.

"이게… 해독제란 말이지?"

파란 알약을 바라보는 앤더슨의 눈에는 잔뜩 기대가 서려 있었다.

그걸 지켜보던 해리 부국장이 슬쩍 다운스 센터장을 바라보자 다운스 센터장이 물었다.

"그런데 이걸 어떻게 실험할 생각이지? 바로 임상실험으로 들어갈 생각인가, 아니면 성분 분석부터 할 생각인가?"

앤더슨은 다운스 센터장의 말에 자신도 모르게 얼굴을 와락 일그러뜨렸다. 기다리던 해독제를 받아 앞으로 어떻게 일을 진행할지 즐거운 생각을 하고 있었는데 방해를 받은 느낌 때문이다.

하지만 그렇다고 다운스 센터장의 말을 무시할 있을 수는 없었다. 해독제에서 눈을 뗀 앤더슨이 다운스 센터장을 보며 말했다.

"아무리 한국에서 임상실험을 했다고 하지만 그쪽에서도 1차 정도밖에 못 했을 겁니다. 그런 약을 임상실험으로 바로 들어가기에는 어려운 일이고, 먼저 성분 분석을 최대한 빨리……."

그들이 얘기하는 사이, 해리 부국장은 천천히 실험대로 다가와 유심히 해독제를 바라보는 척했다. 그리고 아무도 이쪽을 보고 있지 않다는 확신이 들자 턱을 만지는 척 손을 움직였다. 그러자 그의 손에서 신경 써서 보지 않으면 보이지 않을 정도로 흐릿한 검은 기운이 흘러나왔고, 검은 기운은 비커에 담긴 파란 알약으로 날아가 알약에 파고들었다.

검은 기운은 모든 알약에 들어가지 않았다. 대여섯 개의 알약에만 스며들었다. 그리고 검은 기운이 스며들었어도 육안으로는 아무런 변화가 없었다.

해리 부국장은 만족스러운 미소를 지었다.

"아무런 문제가 없는 것 같군요. 그러면 전 이만 가보도록 하지요."

"벌써 가시려고요?"

다운스 센터장이 잠시 앤더슨의 대답을 막고 말했다.

"이제 곧 연구를 하실 것 같은데, 문외한인 제가 봐서 뭘 알겠습니까? 거기다가 제가 있으면 연구실에 계신 분들도 불편하실 것 같으니 얼른 가보려고 합니다. 굳이 따라 나올 필요는 없습니다."

그리고 나서 해리 부국장은 연구실을 나왔다.

연구실을 나온 해리 부국장의 입가로 묘한 미소가 잠

시 떠올랐다가 사라졌다.

*   *   *

창준은 영국에서 한국으로 돌아오는 비행기에서 거의
내내 잠을 잤다. 약 열한 시간이나 걸리는 비행이었으니
잠을 자는 일이 특이한 일은 아니다. 하지만 창준이 잠을
잔 건 딱히 그런 이유 때문이 아니었다.

"자리는 불편하지 않아요? 베개를 더 가져다드릴까
요?"

"지금 시간이면 조금 출출할 것 같은데, 빵이라도 드시
는 건 어때요?"

"심심하신가요? 신문이라도 가져다드릴 수 있는
데……."

이제는 알케미를 경영하며 비서 일을 많이 줄인 케이
트였지만 비서를 할 때도 이렇게까지 하지는 않았다. 아
니, 이건 비서가 아니고 거의 메이드 수준이었다.

창준에게 이런 얘기를 한 사람은 케이트가 아닌 올리
비아였다.

대체 무슨 생각인지 알 수 없지만, 창준에게서 눈을 떼
지 않으며 무엇이라도 해주려고 눈에 불을 켜고 있으니

부담스럽기 짝이 없었다.

심지어 올리비아는 귀족가 영애이다. 그럼에도 그녀 역시 지금 그녀가 하는 것과 같은 보필을 받아본 적은 없을 거라고 확신했다.

올리비아가 무슨 생각으로 이러는지 알 수 없던 창준은 부담스러운 올리비아를 피해 잠을 자는 걸 선택했다. 나중에 한국에 가서 조용히 부담스럽다고 얘기할 생각이다.

그러다 보니 한국으로 오면서 거의 아홉 시간이 넘는 시간을 잠만 자면서 보냈다. 하지만 그건 창준이 일어나면서 다시 시작되었다.

"계속 잠을 자던데 정신이 좀 멍해지지 않아요?"

"아홉 시간 잤을 뿐이에요. 하루에 열두 시간씩 자는 사람도 있는데 많이 잔 건 아니죠."

"그렇군요. 그럼 공항을 나가면 이제 어디로 가나요?"

"집으로 가야죠."

"가족들이 보고 싶지 않아요? 혹시 대전으로 가실 건가요?"

"일단은 집으로 갈 거예요."

"그럼 회사에는 언제 갈 건데요?"

"아직 생각해 보지 않았어요."

"오랫동안 집을 비웠으니 집이 엉망일 것 같은데, 제가 같이 가서 청소 좀 해드릴까요?"

창준은 걸음을 멈추고 길게 한숨을 푹 내쉬었다. 그러곤 케이트에게 말했다.

"케이트, 잠깐 올리비아하고 얘기를 해야겠는데 먼저 나가서 기다리겠어요?"

"…알겠어요."

케이트는 묘한 눈으로 창준을 바라보고는 먼저 입국심사를 하러 걸어갔다.

창준은 케이트가 멀리 떠나는 걸 확인하고 올리비아를 바라봤다. 올리비아는 반짝거리는 눈으로 창준을 바라보고 있었다.

"대체 왜 이러는 겁니까?"

"뭐가요? 제가 뭘 잘못했나요?"

내가 뭘 잘못했는지 전혀 모르겠다는 듯 올리비아의 표정에는 생글거리는 미소만 떠올라 있었다. 어떻게 보면 지금 자신을 약 올리는 것이 아닌가 하는 생각이 들 정도였다.

"그런 건 아니지만, 지금 당신이 하는 행동이 저를 꽤 불편하게 만들고 있거든요."

"그래요? 저는 그저 당신에게 관심을 갖고 있을 뿐인

데요."

"바로 그게 문제예요. 필요 이상으로 저한테 관심을 보이는 것이요. 당신은 제 메이드도 아니고 비서도 아니며 심지어 회사 직원도 아니에요. 대체 저한테 바라는 게 뭡니까?"

"불편하셨으면 미안해요. 어떻게 하면 당신에게 도움이 될지 고민하다 보니 조금 의욕이 앞섰나 보네요. 화나셨어요?"

미안한 표정을 짓는 올리비아의 모습을 본 창준은 더 몰아치고 싶던 것을 삼켰다. 이미 자신의 잘못을 반성하는 사람을 그렇게 몰아붙일 필요는 없었다. 무엇보다 이제 올리비아가 창준의 머릿속에서 믿을 수 있는 사람으로 분류되었다는 사실이 하려던 말을 삼키게 만든 결정적인 이유였다.

"조금 화가 나기는 했어요. 케이트가 그럴 사람은 아니지만 당신의 행동을 오해라도 하면 곤란하거든요."

"무슨 오해요? 아, 그런… 오해 말인가요?"

올리비아는 의미심장한 시선을 던졌다.

"적당히 해주세요. 그렇게 저에게 무언가를 해주려고 하지 않아도 매정하게 입사를 받아주지 않는 일은 없을 테니까요."

"알겠어요."

'오늘은 이 정도로 하죠. 시간은 많으니까요.'

올리비아는 바보가 아니다. 자신의 행동에 창준이 불편할 거라는 걸 아주 잘 알고 있었다. 그럼에도 그녀가 이렇게 한 건 케이트 때문이었다.

케이트가 창준과 사귀는 사이라는 걸 알고 있는 올리비아이다. 그렇기에 그녀에게 약간의 선전포고를 하고 싶었던 것인데 그 여파로 창준이 피곤해진 것이다.

올리비아의 예상으로는 케이트가 자신에게 어떤 태도를 보이지 않을까 싶었지만, 그녀의 예상과 다르게 케이트는 여전히 케이트였다. 올리비아가 아무리 창준에게 들이대는 걸 보여줘도 얼굴색도 변하지도 않았다.

'그만큼 자신이 있다는… 그런 걸까?'

만약 그런 거라면 각오를 단단히 해두라고 말하고 싶었다. 자신 역시 창준에게 어설픈 마음으로 다가가려는 게 아니라고 말이다.

얘기를 마친 창준과 올리비아는 입국심사를 마치고 밖으로 나왔다. 그리고 사방에서 터지는 사진기 플래시세례를 한껏 받았다.

"알케미 오너인 김창준 사장님이십니까?"

"포션은 어떻게 만들게 된 겁니까?"

"클린─1이 아직 한국에서는 판매를 하지 않고 있는데, 앞으로도 한국 시장에서 알케미 제품을 판매할 생각이 없으신 겁니까?"

"포션이 정식으로 판매되는 시기를 언제로 잡고 계십니까?"

인천공항 입국장에 몰려든 수십 명의 기자가 연신 사진기 플래시를 터뜨리며 질문을 쏟아냈다. 방송국에서도 나왔는지 커다란 카메라를 대동한 기자가 마이크를 내밀고 있기도 했다. 아마 보안요원이 막고 있는 게 아니었다면 몰려드는 기자들에 깔릴 것 같은 모습이다.

올리비아가 기자들을 향해 손을 흔들며 창준에게 말했다.

"한국에서 인기가 최고네요. 한국 시장에서는 따로 광고할 필요도 없을 것 같아요."

그렇지만 창준은 올리비아의 말이 귓가에서만 맴돌다 사라졌다.

"대, 대체… 케이트, 이게 무슨 일이에요?"

먼저 나와서 사진을 찍히고 있던 케이트가 창준에게 다가와 말했다.

"그러니까 말했잖아요. 귀찮은 일이 생길 수 있다고요."

"그, 그게 이런 의미였어요? 그러면 말을 해줬어야죠!"

창준의 말에도 케이트는 담담하게 말했다.

"그냥 이제는 사람들 앞에 나설 때가 되었다고 생각하세요. 한국 언론의 관심은 제가 아니라 한국인 사장인 알스에게 향해 있어요. 제가 전면에 나서기는 하지만 언제까지나 당신을 감출 수 없는 일이에요."

구구절절 틀린 말이 아니다. 한국 사람이 세계적인 제품을 만들거나 명성을 얻게 되면 한국 언론은 광적으로 변한다. 심지어 외국에서 태어나 한국 땅을 한 번도 밟지 않은 한국계 2세가 명성을 얻는 순간 기자들의 표적이 되어 엄청난 인기를 끄는 걸 창준도 몇 번이나 직접 봤다.

한숨을 쉬며 수긍하려던 창준은 문득 케이트의 입꼬리가 미세하게 올라가는 걸 보면서 깨달았다. 그녀가 일부러 말을 하지 않았다는 걸. 그리고 지금 자신의 모습에 꽤나 즐거워한다는 것까지도.

그렇다고 화가 나는 건 아니다. 조금 당혹스러울 뿐이다.

'그래, 언제까지 피할 수 있는 일은 아니지. 좋게 생각하자. 그렇다고 내가 언론의 전면에 나설 건 아니잖아?'

그리고 기자들을 향해 슬쩍 손을 흔드는 창준의 모습은 어색했는데 로봇처럼 딱딱하게 보였다. 사람들의 주목을 받는 일에 익숙하지 않은 창준이 할 수 있는 최대한 자연스러운 모습이었다.

*   *   *

영국 방송국에서 포션에 대한 내용과 알케미에 대해서 뉴스가 나오고 전 세계 주요 뉴스는 포션에 대한 내용을 주요 뉴스 중 하나로 취급했다.

사실 포션이 죽어가는 사람을 살려주는 수준은 아니다. 어차피 하급 포션이기에 작은 상처를 치료할 수 있는 수준이었다. 물론 하급 포션이라고 하더라도 무제한으로 쏟아붓는다고 하면 제법 심각한 상처도 치료할 수 있었다.

창준의 기준으로는 어느 정도 이슈가 되기는 하겠지만 효과가 미약한 하급 포션이라 큰 문제는 되지 않을 거라 예상했다. 앞에서도 말했듯이 이건 창준의 완벽한 오판이었다.

사람은 살면서 온갖 상처를 입게 된다. 그건 다리나 손, 무릎과 같은 곳이 될 수 있고, 경우에 따라서는 얼굴과 같은 곳에도 상처를 입을 수 있다. 문제는 상처는 치료할 수 있으나 흉터가 남는다는 사실이다.

남자들도 흉터에 신경을 쓰지만, 여자나 어린아이를

양육하는 부모에게는 관심도가 엄청나게 상승할 수밖에 없었다.

이것만이 아니다. 아직 포션에 대해서 자세히 알려지지 않았을 뿐이지, 포션은 작은 질병도 치료가 가능했다. 그리고 대부분의 감기는 작은 질병에 들어간다.

하급 포션이라고 하지만 이 정도만으로도 전 세계의 관심은 폭발적으로 증가할 수밖에 없었다.

이런 상황에서 한국 언론이 다른 나라보다 열정적인 건 당연했다.

─포션이라는 약품이 출시를 준비하고 있습니다. 영국의 의약품안전청에서 등록을 마치고 생산 준비를 하고 있는 이 약품은 현재까지 밝혀진 효능만으로 전 세계 이목을 집중시키고 있는데요, 이 약품을 만든 알케미라는 회사의 대표가 한국 사람이라고 알려졌습니다. 참으로 고무적인 일이 아닐 수 없습니다. 김다운 기자가 취재했습니다.

방송에서 헤드라인으로 나온 뉴스의 멘트이다. 한국인이 유명해지면 한국의 기자들은 그것을 집중적으로 파고든다. 이건 창준 역시 피할 수 없는 일이었다.

인터넷에서도 알케미에 대해서 조사한 사람들이 각종 게시판에서 시끄럽게 떠들어대고 있었다.

―한국에 알케미라는 회사가 있었음? 이런 회사는 처음 들어봄.

ㄴ한국 회사가 아닙니다.

ㄴ나도 처음 들어봄. 내가 주식하는데 상장된 회사 중에 이런 회사는 없었음.

ㄴ한국인이 사장일 뿐이지, 회사는 영국 회사임.

ㄴ검색을 해봤는데, 한국 홈페이지 없던데? 영어 홈페이지만 있어요.

ㄴ영국 회사라고! 이 새끼들아, 댓글 좀 읽어!

ㄴㅋㅋㅋㅋㅋㅋㅋㅋ.

―한국 회사에서 이런 엄청난 약을 만들다니 믿어지지 않는다. 근데 이거 언제 판다고 하냐?

ㄴ아직 판매에 대해서는 말이 없던데. 홈페이지에도 포션에 대한 내용은 아직 없음.

ㄴ영국 회사야, 영국 회사! 댓글 읽지도 않을 거면 뭐 하러 질문하냐?

ㄴ한국인이 사장이니 한국 회사라고 해도 되는 거 아닌가요?

ㄴ한국인이 하버드 총장이면 하버드가 한국 대학교가 되는 거냐? 병신도 아니고.

ㄴ씨발! 어디서 욕질이냐. 죽빵 활강하고 싶냐!

─근데 포션이 엄청난 약인 것 같은데, 한국인이 왜 영국에서 회사를 만듦? 그냥 한국에서 만들고 정부의 지원을 받으면 좋았을 것 같은데?

ㄴ뻔한 것 아니냐?

ㄴ뭐가 뻔함?

ㄴ한국에서 회사를 운영하려면 졸라 귀찮은 일이 많아질걸.

─우리 아빠가 알케미에서 일함. 한국에서 사업 시작하고 공장을 만들려고 했는데, 온갖 압박이 들어와서 걍 영국으로 탈출함.

ㄴ그거 진짜임? 구라면 손모가지 날아감.

ㄴ예림이, 그 패 까봐!

ㄴ패 건들지 마! 손모가지 날아가 붕게!

ㄴ진짜임. 영국 회사로 등록되어 있지만 본사는 한국에 있음. 여의도에.

ㄴ사쿠라네, 사쿠라여!

─알케미에서 만든 세탁기도 세계적으로 난리도 아님. 한국만 조용함.

포션으로 인하여 알케미가 유명해지며 그 불똥은 기존

시장을 지키기 위해서 언론을 압박하던 기업의 목을 서서히 죄어가기 시작했다.

*   *   *

한국은 물론이고 전 세계적으로 이슈를 불러일으키고 있었지만, 창준은 그런 것에 전혀 신경을 쓰지 않았다.

물론 한국 언론은 물론이고 해외 언론에서도 인터뷰 요청이 끊임없이 날아오고 있었고, 언론뿐만이 아니라 거대 제약회사에서도 연락이 오고 있었다. 이외에 정재계에서도 연락이 오는 건 굳이 말할 필요도 없었다.

하지만 창준이 응한 곳은 단 한 곳도 없었다. 어차피 방송에 나갈 생각은 단 1퍼센트도 없었고, 잘 알지도 못하는 정재계 사람과 만나 가식적으로 웃으며 인사를 하고 인맥을 만들 생각도 없었기 때문이다.

애초에 창준은 풍부한 자금을 갖고 있다. 거기다 한국 기업이라면 정재계 사람을 만났을지 모르지만, 알케미는 엄연히 영국 기업이다. 한국에는 공식적으로 알케미의 제품을 판매하고 있지도 않았다.

이런 상황에 만약 여의도에 있는 본사에 압박이 들어오면 깔끔하게 포기하고 본사를 영국이나 다른 곳으로 옮길 생각도 있었다.

언론 등의 만남을 거절한 창준이 지금 하는 일은 당연하게도 일리미트 비블리어시카를 이용해 7서클 마법과 마법진을 연구하는 일이었다.

인천공항에서 기자들의 플래시세례를 받은 창준은 바로 집으로 돌아와 며칠 동안 가족들과 시간을 보냈다. 그리고 지금은 자신의 실험실이자 수련실인 이곳에 틀어박혀 수련과 실험에만 집중하고 있었다.

"대단… 하네."

새로운 마법 하나를 머리에 각인시킨 창준은 새삼 감탄했다.

7서클 마법은 지금까지 배운 마법과 대단히 많이 달랐다. 6서클까지는 마법을 익히면 그것으로 끝이었지만, 7서클부터는 마법을 익히고 나서도 활용하는 법에 대해서 추가로 몇 개의 책이 따로 있을 정도였다.

단순히 마나를 이용해 마법을 발현하는 것에 끝나지 않고 응용 및 연계에 대한 내용도 방대했으며 마법의 본질에 대한 깊은 고찰도 있었다.

마법을 익히면서 창준이 주목한 건 혹시나 흑마법사에 대한 또 다른 내용이 있는가 하는 것이었다. 아무래도 이번 영국행에서 나타난 괴물에 대한 내용이나 일반인도

혹마법사로 만들 수 있는 방법에 대해서 정리되어 있는지 찾을 수밖에 없었다. 하지만 지금까지 그런 내용은 나오지 않았다.

한창 집중해서 새로운 마법을 익히고 지식을 습득하던 창준은 누군가 자신이 있는 수련실로 접근하는 것을 느끼고 일리미트 비블리어시카를 닫았다. 그러곤 이번에 새로 배운 아공간 마법으로 일리미트 비블리어시카를 숨겼다. 이제 아공간 마법 덕분에 일리미트 비블리어시카를 항상 가지고 다닐 수 있게 되었다.

창준이 준비를 마쳤을 때, 수련실 입구의 비밀번호를 누르는 소리가 들리더니 이내 케이트가 문을 열고 들어오면서 말했다.

"보고할 일들이 있어요."

"지금 보고하려고 왔어요? 급한 게 아니면 그냥 퇴근해도 되는데……."

창준의 말에 케이트가 멈칫했다.

"퇴근이요?"

"네. 퇴근하고 여의도에서 여기까지 다시 오려면 시간도 오래 걸렸을 것 아니에요. 어차피 대부분은 케이트에게 권한을 줬으니 바쁜 건 없을 것 같아서요."

"…지금 몇 시라고 생각해요?"

"네? 글… 쎄요. 많이 늦은 시간인가요?"

실험실과 수련실에는 창문이 없다. 그것만이 아니라 시계도 없었고, 이곳에 들어오면 휴대폰을 확인하지도 않는 창준이다. 그러니 지금 시간이 얼마나 됐는지 알 리가 없었다.

"지금 아침 여덟 시거든요. 출근하기 전에 알스를 보고 가려고 이곳으로 온 거고요."

"아침 여덟 시요?"

창준은 자신이 수련실에 들어온 시간이 오전 열 시라는 걸 알고 있었다. 그런데 지금이 다음 날 아침 여덟 시라면 거의 하루 종일 식사하는 것도 잊어버리고 7서클 마법을 익히고 있었다는 말이다. 시간이 오래 지났다는 걸 인식했기 때문인지 배에서 배고프다는 신호를 보내는 것 같았다.

"아하하, 이렇게 시간이 지났는지 몰랐네요."

"상황을 보니 식사도 잊어버리고 있는 것 같은데 배는 안 고파요?"

"이제 막 고프기 시작하네요."

"그러면 일단 식사를 해요. 나가서 먹을까요, 아니면 주문을 할… 잠깐만요. 알스, 오늘이 무슨 요일인지 알아요?"

"어제가 화요일이었으니까 수요일이겠죠."

창준의 대답에 케이트가 팔짱까지 끼고 그를 노려봤다.

"왜… 그렇게 무섭게 봐요?"

"수요일이라고요?"

"맞잖아요. 제가 어제 아침 열 시에 이곳에 들어왔고, 하루가 지났으니 수요일……."

창준은 조심스럽게 케이트에게 물었다.

"오늘이 수요일… 아니었어요?"

케이트는 창준의 말에 휴대폰을 내밀어 날짜를 확인시켜 줬다. 케이트의 스마트폰 화면에 큼지막하게 Friday라고 적힌 글자가 보였다.

"그, 금요일? 오늘이 수련실에 들어온 지 나흘째라는 말이에요?"

설마 이렇게 시간이 흘렀을 거라고는 전혀 생각하지 못한 창준이었기에 정말로 깜짝 놀랐다.

그런 창준의 태도에 케이트는 깊게 한숨을 내쉬며 다가와 창준의 뺨을 쓰다듬었다.

"알스, 설마 또 자신을 채찍질하려는 건 아니겠죠?"

"전혀요. 이번에 새로 배우는 것이 있는데… 정말 미친 듯이 집중했나 봐요."

하루가 아니라 나흘째라니 배가 더 고파왔다.

다행이라면 창준은 7서클에 오르면서 신체적으로 안정적이 되었다. 그렇기에 밥을 며칠 동안 안 먹고 잠을 자지 않아도 크게 문제가 되지 않았다. 여기서 문제가 되지 않는다는 건 죽지는 않는다는 말이다.

창준은 요란하게 울리는 배를 붙잡고 불쌍한 표정을 지었다.

"밥 먹으면서 보고를 들어도 될까요?"

케이트는 살짝 미소를 지으며 창준의 손을 잡고 수련실을 빠져나갔다.

창준을 끌고 나온 케이트가 향한 곳은 그나마 근방에 있는 작은 24시간 감자탕집이었다.

마음 같아서는 며칠 동안 아무것도 먹지 못한 창준을 생각해서 뷔페라도 데리고 가고 싶었으나 지금 이 시간에 영업하는 곳이 있을 리가 없었다. 대신 거의 창준 혼자 먹을 것이지만 가장 큰 대짜를 주문했다.

감자탕이 적당히 익자 창준은 빠르게 뼈를 발라 먹기 시작했다. 그걸 본 케이트는 자신도 모르게 흐뭇한 미소를 지으며 잔뜩 쌓인 뼈 중에서 하나를 가져왔다.

감자탕은 이름만 봤을 때는 외국인들이 별로 좋아하지

않을 것 같지만, 사실 한국 음식을 좋아하는 외국인들 사이에서는 생각보다 높은 순위를 자랑했다.

케이트도 마찬가지였다. 그래서 젓가락으로 뼈에 붙은 살코기를 발라 먹는 케이트의 젓가락질은 한국 사람이라고 해도 전혀 어색하지 않을 정도로 능숙했다.

"아이구! 외국인 아가씨가 젓가락질도 잘하네. 맛있는가?"

후덕하게 생긴 아주머니가 신기한 눈으로 케이트를 보며 창준에게 물었다. 당연히 케이트가 한국말을 할 줄 모른다고 생각했기 때문이다.

"맛있습니다."

"어? 한국말 할 줄 아네?"

"배웠습니다."

"젓가락질이 힘들지는 않고? 내가 포크 가져다줄까?"

"괜찮습니다. 이제 익숙해져서 힘들지 않습니다."

"한국말도 잘하고 한국 음식도 잘 먹는 걸 보니 한국에서 살아도 불편하지 않겠네. 모자랄 것 같은디, 잠깐 기다려 봐."

그러고는 주방으로 들어가 바가지에 뼈를 담아와 다시 수북하게 쌓아주었다.

"감사합니다."

"그려, 맛있게 먹고 나중에 또 와."

"알겠습니다. 나중에 또 오겠습니다."

창준은 아주머니가 다시 주방으로 들어가자 케이트를 보며 웃었다.

"아주머니는 케이트가 마음에 들었나 봐요. 이렇게 서비스도 주시고."

"그… 렇습니까?"

원체 무표정에 감정을 드러내는 일이 드문 케이트였기에 이런 호의는 자주 얻을 수 있는 게 아니었다. 아무래도 아주머니는 케이트의 딱딱한 말투가 이제 막 한국어를 배우고 있기 때문이라고 생각한 것 같았다.

아주머니의 오해였지만 기분은 나쁘지 않았다.

그 많은 뼈를 모두 먹고 밥까지 세 공기나 볶아 먹고 나서야 식사는 끝났다.

"여기 엄청 맛있네요. 정신없이 먹었어요."

만족한 목소리로 창준이 말했다. 하지만 명확하게 말하면 이 식당이 맛있는 게 아니라 창준이 너무 배가 고팠기 때문일 것이다.

든든하게 배를 채운 창준이 만족스러운 표정으로 물었다.

"보고할 일이 뭐예요?"

"저는 보고할 일들이라고 했어요."

"일들? 보고할 게 많나요?"

"당신은 고작 하루라고 생각하고 있지만 나흘이 지났어요. 나흘 동안 이렇게 주목받는 상황이라면 얼마나 많은 일이 생기는지 알아요? 그나마 제가 알아서 처리할 수 있는 일들은 넘겨서 몇 가지일 뿐이지 당신이 직접 이 회사를 운영하려고 한다면… 지금처럼 이곳에 있는 시간은 없을 거라고 장담할 수 있어요."

"하하, 그래서 당신이 내 피앙세라는 사실이 너무나 고맙고 다행이라고 생각해요."

뜬금없는 창준의 말에 케이트의 얼굴이 붉게 달아올랐다. 그러곤 서둘러 말했다.

"포션에 대해서 먼저 말하면, 영국에서 공장을 만드는 일은 순조롭게 진행되고 있어요. 영국 정부에서 적극적으로 도움을 주고 있어서 공장에서 일할 사람을 구하는 것도 빠르게 진행될 거예요."

"다행이군요."

"하지만 사무실에서 일할 사람이 아직 없어요. 무엇보다 회사를 어디에 만들지도 문제고요."

"공장이 영국에 있잖아요. 그럼 영국에 회사를 만들면 되겠죠."

"제가 제약회사까지 맡아서 운영할 시간은 없어요. 제가 생각하기로는 사업적인 능력은 아직 검증되지 않았지만, 영국 정부와 긴밀히 협조할 수 있는 사람이 있더군요."

"누구요?"

"미스 브리스톨이요."

올리비아가 사장이 된다면 나쁘지 않은 그림이다. 어쩌면 지금보다 더욱 많은 도움을 영국 정부로부터 받아낼 수 있을지도 모른다. 거기다가 이제 올리비아는 창준이 가장 믿는 사람 중에 하나가 되기도 했다.

"하지만 과연 미스 브리스톨이 한국을 떠나 영국에서 회사 생활을 하려고 할까요?"

밝아지던 창준의 얼굴이 다시 어두워졌다.

창준을 따라 이역만리인 한국까지 온 올리비아이다. 특히 창준과 조금이라도 더 같이 있으려고 하는 그녀를 겨우 떼어내고 수련하는 중이었기에 그녀가 영국으로 가라는 제안을 받아들일 것 같지 않았다. 심지어 딱히 돈을 필요로 하는 사람도 아니지 않는가.

"…한국에 사무실을 만들어야겠네요."

"저도 그렇게 생각했어요. 그러면 미스 브리스톨에게는 그렇게 전하도록 하지요. 다음은 클린―1에 대한 내용인데, 저희 제품을 입점시키고 싶어 하는 곳이⋯⋯."

케이트의 보고는 상당히 길었다. 포션에 대한 내용은 당연했고 클린-1에 대한 내용도 상당 부분 차지하고 있었다. 다행이라면 창준이 이해하기 어려운 일은 아니라는 것이다.

케이트는 창준에게 최종 결정에 대한 내용만 가져온다. 예를 들면 방금 얘기한 것처럼 클린-1 판매를 할 것인지, 한다면 어느 수준인지 정도다. 창준이 클린-1을 한국에 공급하겠다고 결론을 내면 끝이다. 그 이후 공급한다면 직접 매장을 만들어서 할 것인지, 유통회사를 거칠 것인지, 전자제품 쇼핑몰에서만 판매할 것인지, 인터넷에서 개별 구매를 할 것인지 등은 모두 케이트가 생각할 문제였다.

지금 창준에게 케이트가 없다면 어떻게 되었을까? 아마도 포션은커녕 클린-1을 판매하는 것만으로도 정신이 없을 것이 뻔했다. 세상은 제품이 좋다는 것만으로는 성공할 수 없었다.

회사에 대한 보고를 끝낸 케이트가 마지막으로 던진 말은 사업에 대한 내용이 아니었다.

"국정원에서 연락이 안 된다고 하더군요. 그래서 저한테 연락이 왔습니다."

"뭐라고 하는데요?"

"일단 알스가 요청한 중국에 해독제를 공급하는 문제는 수용하겠다고 했습니다. 영국에서 그쪽의 도움을 받은 건 사실이고 알스가 강력하게 요청하고 있으니까요. 이미 임상실험용으로 해독제를 넘겼고, 추가로 해독제를 요청하기도 했습니다."

"해독제를 만들어서 당신에게 줄게요. 국정원에 전해 주시면 될 것 같군요."

"직접 만날 생각은 없나요? 그쪽에서는 알스와 직접 얘기하고 싶어 하는 것 같던데요."

"아직은요. 지금은 오늘 보셨다시피 바빠요."

아직 흑마법사들이 더 있고 그들이 얼마나 강한지 모른다. 7서클 마법을 완전히 각인하기 전까지는 괜히 시간을 낭비하고 싶은 생각이 없었다.

"알겠습니다. 하지만 열심히 하시는 것도 좋은데, 식사와 충분한 휴식은 반드시 취하도록 하세요. 아니면 매일 이곳에 방문할지도 몰라요."

"그러면 케이트를 보기 위해서라도 식사를 안 하고 있어야겠는데요?"

웃으며 말하는 창준을 보고 케이트가 살짝 미간을 찌푸렸다. 그러나 창준은 이런 얘기가 기분 나쁘지는 않은

지 얼굴에 슬쩍 나타나는 홍조를 숨기지 못했다.

케이트가 돌아가고 난 이후, 창준이 수련실에서 밖으로 나온 건 그로부터 거의 한 달이 지나서였다. 그것도 온전히 모든 준비를 마치고 나온 것도 아니었다.

영국에서 돌아오면서 암중에 숨어 있는 흑마법사를 찾기 위한 방법을 찾으려고 했다. 하지만 그건 아직 시작도 못 했다. 지금까지는 7서클 마법과 마법진을 준비하고 수련하는 시간만 한 달이 걸렸다.

그나마 이렇게 수련실을 나온 것도 자의에 의한 것이 아니었다. 무슨 일인지 모르지만 케이트를 통해서 지속적으로 만나기를 요청한 국정원 때문에 나온 것이다.

유전자 변형 마약의 해독제를 만들어준 것으로 국정원과의 관계를 정리하려고 한 창준이다. 그러나 영국에서 국정원의 도움을 받았고, 그걸 무시할 정도로 창준이 냉정한 성격이 아니었다. 그러니 국정원의 요청을 무시하기 힘든 건 사실이었다.

한 달이라는 시간이 길다면 길고 짧다면 짧은 시간이기는 했다. 창준에게는 짧은 시간이었으나 한국 시장에서는 꽤 많은 변화가 일어났다.

먼저 클린—1이 결국 한국 시장에 진입했다. 각종 대

기업에서 판매 대행을 요청하고 몇몇 대형 유통사에서는 독점적인 수입을 원했지만 창준은 그들의 요청을 모두 거절했다. 그리고 클린—1의 판매는 모두 온라인으로만 가능하도록 만들었다. 이전에 대기업에 대한 좋지 않은 기억이 있어서 그들이 수익을 보는 꼴을 보고 싶지 않다는 것이 가장 큰 이유였다.

이렇게 판매를 시작한 클린—1은 제품이 없어서 팔지 못하는 수준이었다. 그러다 보니 온라인에서 웃돈을 받고 판매하는 일이 벌어지기도 했지만 그것까지 창준이 신경 쓰지는 않았다. 향후 어떤 방식으로 판매할 것인지는 모두 케이트가 고민할 일이었다.

포션은 영국에 생산 공장을 만드는 일이 순조롭게 이어지고 있어서 아마도 두어 달이 지나면 대량생산이 가능할 것 같았다.

이제는 익숙하게 느껴질 국정원 회의실에 앉아 있던 창준은 느긋한 태도로 커피를 홀짝이며 휴대폰 기사를 읽고 있었다.

수련실을 나오자마자 강력한 국정원의 요청에 이곳으로 바로 온 창준이다.

다른 사람은 조금이라도 긴장할 자리였지만 창준은 긴

장할 필요가 없었다. 이제는 자신의 힘이 어느 정도인지 완전히 파악한 창준이기에 국정원에 휘둘릴 일도 없었다.

그렇게 느긋하게 앉아 있던 창준은 정선이 들어오자 웃으며 말했다.

"오랜만이네요."

"휴우, 당신은 정말 만나기 힘든 사람이에요. 알아요?"

"그런가요? 제가 바쁠 일이 많지는 않은데, 이상하게 국정원은 제가 바쁘면 만나고 싶다고 연락하더라고요. 기분 나쁘게 생각하지는 마세요."

"전화를 받지도 않을 거면 휴대폰은 왜 가지고 다니는 거예요?"

"꼭 전화를 해야 휴대폰을 가지고 다니는 건 아니죠. 지금도 이렇게 심심한 시간을 유익하게 뉴스를 보면서 보내고 있잖아요."

넉살좋게 대답하는 창준을 보고 정선은 쓴웃음을 지었다. 창준은 그녀의 쓴웃음을 보다가 물었다.

"그런데 영국에서 저를 도와준 국정원 요원은 어떻게 됐습니까? 설마 아직도 잡혀 있는 건 아니겠죠?"

"풀려났어요. 상황을 보면 당연히 아직 잡혀 있어야 되지만… 당신에 대한 의혹이 풀린 이후 바로 풀려났어요."

"다행이네요. 지금 떠올리기 전에는 저도 잊고 있었는데, 아직 잡혀 있으면 리처드 국장에게 한마디 하려고 했거든요."

웃으며 대수롭지 않게 말하는 창준에게서 묘한 위화감이 느껴졌다.

CIA를 제외하고 전 세계에서 가장 명성이 높은 방첩부대의 국장에게 아무 때나 전화해서 쓴소리를 하는 건 국정원장도 할 수 없는 일이다. 그런데 창준은 당연하다는 듯이 말하고 있으니 위화감이 느껴질 수밖에 없었다.

"국정원장님은 언제 오시나요? 아니면 정선 씨가 얘기하려고 들어온 건가요?"

"곧 오실 겁니다. 잠시만 기다려 주세요."

"정선 씨도 아는 얘기면 그냥 지금 해주세요. 굳이 국정원장님이 오셔서 얘기할 필요는 없어요. 빨리 얘기 끝내고 집에 가게요."

"사안이 중요해서 제게 권한이 없습니다. 기다려 주세요."

"거참, 그러면 여유 있는 시간에 불렀어야죠. 제가 여기 도착해서 기다린 시간만 벌써 15분이 지났거든요. 저도 바쁠 거라는 생각은 안 하시나?"

창준이 대놓고 투덜거린다. 장난으로 하는 건 아닌지

엉덩이마저 들썩이며 당장이라도 일어나 돌아갈 것 같은 기세이다.

"설마 이 시간까지 회의가 끝나지 않을 거라고 생각을 못 한 거예요. 예상대로라면 벌써 한 시간 전에 끝났어야 해요."

"무슨 회의를 하기에 그렇게 오랫동안 해요? 설마 저하고 관련된 일인가요?"

"기다리시면 국정원장님이 오셔서 말씀해 주실 거예요."

정선이 말하는 분위기를 보니 아무래도 창준과 관련된 회의인 것 같았다. 그렇지 않으면 왜 굳이 이렇게 불렀겠는가.

국정원장이 올 때까지 휴대폰을 만지작거리며 뉴스를 보던 창준은 누군가 회의실로 다가오는 기척을 느끼고 문을 바라봤다. 기척으로는 국정원장일 것 같았다.

철컥!

문을 열고 들어온 사람은 창준의 예상대로 국정원장이었다.

"어이쿠! 제가 많이 늦었습니다. 오래 기다리셨겠습니다."

"네, 많이 기다렸어요. 조금만 늦었으면 그냥 돌아갈

뻔했습니다. 하하하!"

국정원장은 창준이 하는 말이 농담인지 진담인지 알 수 없었다. 지금까지 국정원장에게 이렇게 대놓고 말하는 사람이 없었다는 이유가 가장 컸다. 마지막에 웃지만 않았어도 혼란스럽지는 않았을 것이다.

어색한 표정으로 창준의 맞은편에 앉은 국정원장은 살짝 고개를 숙였다.

"죄송합니다. 제가 빠져나오고 싶었지만… 같이 계시는 분들을 무시하고 나올 처지가 아니라서…….."

"다음에도 이렇게 기다리게 하지만 않으면 됩니다. 또 그러면 그냥 집에 갈 거니까요."

이제야 창준이 진심이라는 걸 눈치챈 국정원장은 당황스러움에 이마에서 슬슬 식은땀이 흘러나왔다.

"알… 겠습니다."

분위기가 무겁게 되었다. 그런데 창준은 아무렇지 않은 듯 웃으며 물었다.

"그건 그렇고, 오랜만이네요. 두어 달은 지났죠?"

"영국에 가시기 전에 봤으니 그 정도는 지났을 겁니다."

"영국에서 곤란한 상황이었는데 도와주셔서 고마웠습니다."

"당연히 해야 될 일이었습니다. 하시는 일은 문제없이 진행되고 계신 겁니까?"

"아마도 그럴 겁니다. 실무는 거의 케이트가 진행하고 있어서 저는 잘 몰라요."

"그렇군요. 아마도 미스 프로시아에게서 보고를 받으실 거라고 생각하기는 하지만, 정치권과 재계에서 귀찮게 할 일은 없을 겁니다."

"아, 뭔가 좀 도와주신 건가요?"

아마도 국정원의 도움을 받은 일이 있는 모양인데 창준은 전혀 모르는 일이다.

지금 알케미에서 나오려는 포션의 가치는 간단히 말하면 수십 조 달러 이상이라는 평가를 받고 있다.

얼마 전부터 연구용으로 전 세계 의료연구소에 뿌려지고 있는 포션을 이용한 임상실험 사례는 하루에 십여 개씩 쏟아지고 있었는데, 창준의 예상보다 더욱 높은 가치를 갖도록 만들고 있었다. 단순히 작은 상처, 작은 질병을 치료하는 용도 정도로 생각하던 포션은 이제 수술을 하는 상황에서도 아주 유용하게 사용할 수 있다는 연구 결과가 나올 정도였다.

이렇게 엄청난 이권이 걸린 곳에는 당연히 공짜로 숟가락을 얻으려는 사람이 나타나게 마련이다. 한국에서 그런 사람이 나오는 게 이상할 일은 아니었다.

　가장 먼저 알케미를 압박한 사람은 여당 삼선의원이었다. 알케미의 사장이 한국인이라는 걸 알게 된 의원은 한국인이 외국으로 외환을 유출한다며 뒷말이 나오지 않도록 해줄 테니 적당한 사례를 요청했다. 그가 원한 건 알케미 주식의 5퍼센트였다. 아직 상장도 하지 않은 알케미였으나 현재 가치만 하더라도 5퍼센트면 몇 억 달러 수준이라고 할 수 있었다. 향후 상장했을 경우엔 수십억이 될지도 모르는 엄청난 금액이다.

　케이트는 이런 사실을 창준에게 알리지 않았다. 그렇지 않아도 정신이 없는 창준인데 이런 문제로 그의 머리를 복잡하게 만들고 싶지 않았기 때문이다.

　그래서 그녀가 연락한 것은 국정원의 정선이었다.

　케이트의 연락을 받은 정선은 곧바로 국정원장에게 보고했고, 얼마 후 삼선의원은 건강상의 이유로 의원직을 반납했다.

　설명을 듣는 창준은 고개를 끄덕였다. 국정원이 어떤 방법을 썼는지 관심도 없었다. 행여나 불법적인 방법을 사용했다고 하더라도 의원이 알케미에게 하는 짓을 봤을 때는 더 심하게 당해도 상관없다고 생각했다. 지금까지 알케미로 인하여 밝혀지기 전까지 얼마나 더 더러운 일을 벌이고 다녔겠는가?

"그런 일이 있었군요. 이제야 알았지만 고맙습니다."

"허허! 이번 일을 처리하면서 여야를 막론하고 정치권에서도 자성의 목소리가 제법 컸습니다. 알케미의 법인을 영국에서 만든 것도 이런 비리 때문이라며 앞으로는 이런 일이 생기지 않도록 해야 된다고 말입니다."

사실 알케미가 영국으로 법인을 이전한 이유는 정계보다 재계와 충돌이 있었기 때문이지만 앞으로 지속적으로 알케미에 호의적으로 나온다면 새로 법인을 만들 일이 있을 때 한국 법인으로 만드는 것도 생각해 볼 만한 일이긴 했다.

한마디로 지금 생각할 일은 아니라는 것이다.

"설마 이것 때문에 여기까지 저를 부른 건 아닌 것 같고… 별로 좋은 일로 저를 부른 건 아닌 모양이군요."

"…왜 그렇게 생각하십니까?"

"좋은 일이었다면 이렇게 다른 얘기를 하고 있을 필요가 없으니까요. 무슨 일인지 모르겠지만 빨리 말씀을 해주시는 게 좋겠습니다. 어차피 피할 수 있는 일도 아닌 것 같은데 말이죠."

창준의 말에 잠시 멈칫한 국정원장이 깊은 한숨을 내쉬며 옆에 서 있는 정선에게 손가락으로 지시를 내리자 정선이 회의실의 불을 끄고 손에 들고 있던 리모컨을 눌렀다. 그러자 회의실에 있는 프로젝터가 움직이며 화면을 비췄다.

프로젝터에서 나오는 영상은 미국 뉴스였다. 거의 반파된 것처럼 보이는 CDC 센터의 모습도 보이고, 처참한 시신들은 모자이크 처리를 해서 보여줬으며, 한눈에도 심각한 부상을 입은 사람들이 수십이 넘어가고 있었다.

앵커는 원인 불명의 폭발사고로 실험용 동물들이 탈출해 연구를 하던 연구원들을 습격해 사망자가 기하급수적으로 높아졌다고 말했다.

"미국 질병예방통제센터의 모습입니다. 아직 방송에서는 정확한 집계가 이뤄지지 않았다고 말하지만, 이 사건으로 인하여 사망자만 사십 명이 넘어가고 부상자는 백여 명에 가깝다고 합니다."

"원인불명의 폭발이라고 하네요. CDC에서 폭발에 관련된 일도 하나요?"

무슨 일인지 전혀 모른다는 얼굴로 물어보는 창준을 보고 국정원장은 쓴웃음을 지으며 말했다.

"방송에서는 사실을 말할 수 없으니 원인불명의 폭발이라고 전해진 것뿐입니다. 진실은 유전자 변형 마약의 해독제로 인한 사고라고 합니다."

"…해독제로 인한 사고요? 그게 무슨 말이죠?"

뭔가 문제가 이상한 방향으로 나간다는 걸 직감한 창준이 딱딱하게 굳은 얼굴로 물었다. 그에 국정원장이 정선에게 손짓하자 화면에 나오던 영상이 사라지고 사진들이 천천히 한 장씩 넘어갔다.

화면에는 각종 동물들의 모습이 보이고 있었는데, 크게 화상을 입거나 몇 조각으로 절단된 시체들이었다. 문제는 동물들의 모습이 기괴하게 변현되어 있다는 사실이다.

사람보다 큰 개의 몸에서 흉측하게 생긴 촉수가 돋아나 있는 것부터 전설로 내려오는 빅풋이라고 말해도 좋을 정도로 생긴 원숭이는 팔이 네 개에 손톱이나 이빨 하나하나가 단검처럼 예리하게 변한 것도 있었다. 사진으로 나오는 동물들은 이미 우리가 아는 동물이 아니었다.

심각한 얼굴로 화면을 직시하는 창준에게 국정원장이 힘이 쭉 빠진 목소리로 말했다.

"해독제는 한국에서 임상실험을 하여 성과가 입증되었습니다. 하지만 교차 검증을 이유로 CDC에 해독제 일부를 연구하도록 보낸 상태였습니다. 그리고 무슨 일이 일어났는지… 지금 보시는 이런 결과가 나타난 겁니다."

"……."

"이걸 보고 저희도 만반의 준비를 해서 동물을 상대로 검증을 해봤습니다. 하지만 저희가 진행한 실험에서는 CDC에서 발생한 것과 같은 문제가 발생하지 않더군요. 이 문제에 대해서는 해독제를 만드신 당사자의 의견을 듣는 게 시급하다 생각하여 이렇게 모시게 된 겁니다."

창준은 이해할 수 없었다.

임상실험을 거친 것은 아니지만 창준은 해독제에 문제가 없다는 걸 확신할 수 있었다. 목숨을 걸라고 하면 목숨을 담보로 잡힐 정도이다.

애초에 유전자 변형 마약은 마기에 의해서 일어나는 일이다. 해독제는 바로 그 마기를 중화시킴으로써 키메라로 변형되지 않게 하고 중독을 막는 역할을 할 뿐이다. 행여나 유전자 변형 마약을 먹지 않은 사람이 해독제를 먹는다고 하더라도 인체에는 무해했다. 아니, 오히려 마나가 주입되는 것이라 영양제 역할을 할 정도였다.

어떤 방식으로 실험했다고 하더라도 저런 결과를 보이면 안 되는 일이다.

"이것에 대해서… 해주실 말씀이 있습니까?"

국정원장이 무거운 목소리로 물었다. 창준이 대답을 하지 않아도 아무런 말을 하지 않고 대답을 기다린다는 듯 창준의 입만 바라보고 있는 국정원장이다.

"…미국에서는 뭐라고 합니까?"

"일단 저희도 임상실험을 위해서 보낸 것이라 어떤 위험이 있을지는 모른다고 미리 말을 했습니다. 그리고 해독제를 비밀리에 보낸 것이기도 하고 말입니다. 아마 정식으로 항의하지는 못할 겁니다."

그 말은 비공식적으로 항의를 하고 피해보상 및 어떠한 것을 요구할 가능성이 있다는 말이다.

국정원장은 여전히 창준의 대답을 기다리고 있었다.

'대체 무슨 일일까?'

마음을 차분히 가라앉힌 창준은 곰곰이 어떤 연유로 이런 일이 발생했을지 떠올리며 궁금한 것이 있을 때마다 물었다.

"혹시 다른 형태의 유전자 변형 마약이 있습니까?"

"지금까지 확인된 결과로는 없습니다."

"해독제를 어떤 방식으로 실험했는지는 알고 계십니까?"

"기본적인 방법은 저희와 다를 것이 없을 겁니다. 저희 연구진에서 미국 측 실험 방법을 확인했지만 특이점은 없었다고 합니다."

이외에도 몇 가지 질문을 던지기는 했지만 여전히 답은 나오지 않았다. 어떻게 이런 결과가 나왔는지 창준도 알 수 없었다. 모든 걸 파악하기에는 창준이 아는 정보가 너무 부족했다. 하다못해 CDC에서 일어난 일을 직접 겪었으면 모를까, 지금은 결론을 낼 수 없었다.

그리고 결국 창준은 간단하게 결론을 냈다.

"솔직히 왜 저런 일이 일어났는지 모르겠습니다. 하지만 저는 제 해독제에 문제가 있다고는 생각하지 않습니다. 그건 확신할 수 있습니다. 믿지 못하겠다면 해독제를 제가 직접 복용해 보일 수도 있습니다."

"하아, 그러면 대체 저런 일이 왜 발생했다는 말입니까?"

"제 생각에는 간단하게 생각하면 될 것 같습니다."

"간… 단하게?"

"어딘가에 첩자가 있어 제가 보낸 해독제를 바꿔치기 한 것이거나 변형시키는 것이겠지요."

그렇다. 이것이 창준이 낸 결론이었다.

해독제에 이상이 없고 실험 방법이나 실험체를 선별하는 과정에도 문제가 없었다면 이유는 약이 변형되었다고 해야 했다. 그리고 약을 변형시킬 수 있는 사람이라면 몇 군데로 압축할 수 있었다. 국정원이라고 빠질 수 있는 건 아니었다.

너무 간단하게 생각하는 게 아니냐고 말할 수 있다. 그러나 해독제에 대한 확신이 있으니 이런 결론을 낼 수 있었다.

국정원장의 얼굴이 더욱 어두워졌다. 차라리 국정원에 첩자가 있었으면 싶었다.

'사과와 보상을 요구하는 미국에게 첩자가 있다고 얘기하면… 그냥 받아들이지 않겠지?'

아마도 절대 받아들이지 않을 것이다. 오히려 더 크게 항의하면 모를까.

그때 창준이 뭔가 생각났다는 듯 말했다.

"그러고 보니 중국에도 해독제를 넘겼잖아요. 그쪽 테스트 결과를 받아보면 되지 않을까요? 똑같은 해독제를 사용했는데 미국에서만 문제가 일어났다면 확실히 이상하다고 할 수 있잖아요."

그 말에 정신이 번쩍 든 국정원장이 급히 정선에게 말했다.

"지금 바로 중국에 요청해서 임상실험 결과를……."

"제가 연락할게요."

창준은 손에 들고 있던 휴대폰으로 서둘러 주강에게 전화를 걸었다.

─이게 웬일인가? 설마 마음이 바뀐 건가? 잘 생각했네. 우리 소결이가 참하고…….

"흰소리는 그만하시고요, 해독제는 임상실험 해보셨나요?"

—해독제? 아! 그거 임상실험은 끝냈고 벌써 투약해서 경과를 보고 있다고 한 것 같은데…….

"엑? 벌써 사람에게 투약했다고요?"

한국도 아직 테스트 중인데 벌써 사람에게 투약했다니 새삼 대륙의 기상은 무섭다는 생각을 하게 만들었다.

—급한 사항이었잖은가. 최대한 많은 연구진을 투입해 빨리 임상실험을 끝냈다고 하더군.

"잘됐네요. 그러면 임상실험을 한 결과를 저희 국정원에 보내줄 수 있어요?"

—가능할 걸세. 어차피 해독제도 자네가 준 것이지 않는가. 무슨 일인데 그러나?

"그건 나중에 천천히 말하고요, 지금 급하니까 빨리 실험 결과 좀 보내주세요."

—그러도록 하지.

다급한 창준의 목소리를 이해했는지 주강은 더 말하지 않고 바로 전화를 끊었다.

"중국에서도 문제가 없다고 하네요. 임상실험 결과도 보내준다고 하니 그걸 참고해서 미국에 압박을 해보세요. 해독제는 문제가 없다고."

국정원장은 한시름 놨다는 표정이 되었다. 하지만 이내 미국이 중국의 결과를 받아도 태도가 바뀔 것인가 하는 의문이 들었다.

미국에서는 한국이나 중국이나 제약에 관련해서는 한참 떨어진다고 생각하고 있다. 그리고 그것이 사실이기도 하다. 그런데 임상실험 결과를 받았다고 쉽사리 넘어갈지 의문이 들었다.

여전히 얼굴에 그늘이 져 있는 국정원장을 본 창준은 짜증이 밀려왔다.

'이번에는 흑마법사가 미국에 숨어 있나? 설마 국정원은 아니겠지? 그랬으면 한국에서 실험하는 동안 분탕을 쳤을 테니까. 그쪽은 마법에 대해서 무지하니 흑마법사에 더 쉽게 노출될 텐데…….'

일이 어떻게 돌아갈지 몰랐다. 어쩌면 자신이 절대로 원하지 않는 결과가 나올지도 몰랐다.

'미국에 또 들어가기는 싫은데…….'

아직 라스베가스의 악몽도 모두 사라지지 않은 상태이다.

흑마법사가 미국에 있다면 아마도 그곳으로 가야 할 것이다. 흑마법사와의 싸움은 피할 수 있는 게 아니다. 아무래도 그들의 목표가 무엇인지는 몰라도 이 세상에 큰 해악을 끼칠 것이 분명했다. 그러면 창준 자신은 물론이고 가족을 비롯해 전 세계 모든 사람에게 재앙이 될 것이다.

창준의 얼굴이 딱딱하게 굳어갔다.

CHAPTER
05

다시 미국으로

ALCHEMIST

　─NIS에서는 중국에서 실행된 임상실험을 근거로 제시하며 해독제에는 문제가 없음을 피력했습니다.

　"흐음, 그래서?"

　─직접적으로 말을 하고 있지는 않지만, 해독제가 전달되는 과정에서 오류가 있거나 내부에 첩자가 있을 가능성을 보고 있는 것 같습니다. 실제로 현재 NIS에서는 내부 감사에 들어가 해독제에 관련된 인사들을 철저히 파헤치고 있다고 합니다.

　"설마 CIA에서도 내부를 감사해 보라는 말이 나오고

있나?"

─아직은 그런 얘기가 없기는 하지만… 차후 충분히 가능성이 있는 얘기입니다.

"일단 알겠다. 추가로 나오는 얘기가 있으면 보고하도록 하게."

그리고 휴대폰을 끊은 해리 부국장은 자신의 입술을 쓰다듬었다. 고민되는 일이 있을 때마다 나오는 해리 부국장의 버릇이다.

확실한 건 아무것도 없었다.

보고로는 국정원에서 내부 첩자에 대해 어필하고 있는 것 같지만, 자국도 아니고 타국 방첩부대의 어필에 귀를 기울일 가능성은 대단히 낮았다. 무엇보다 자국에 대한 자부심이 대단한 미국에서 한국의 어필 정도로 흔들릴 가능성도 낮았다.

그럼에도 확신하지 않는 건 현재 미국 내에서도 유전자 변형 마약에 대한 이슈가 강해지고 있다는 점이고, 영국에서도 내부에 첩자가 있었다는 사실이 전해지고 있기 때문이다.

당장은 아니겠지만 어쩌면 차주에 내부 첩자에 대한 대대적인 감사가 떨어질 수도 있었다.

'가만히 있는 것보다는 적극적인 개입이 좋겠군.'

내부에 첩자가 있을지도 모른다고 적극적으로 나서면 행여나 자신에게 향할 수 있는 의심의 시선을 돌릴 수 있었다. 일이 잘 풀리면 감사를 주도하는 사람으로 선정될 가능성도 있었다.

'그렇게 하면 될 것 같고… 한국에 있는 마법 쓰는 원숭이는 어떻게 할까? 마스터께서는 더 이상 녀석과 충돌을 일으키지 말라고 하셨지만……'

밀러 회장은 분명 마스터가 창준을 더 노릴 필요 없다고 말씀하셨다 전했다. 그저 유전자 변형 마약의 해독제가 전 세계로 풀리는 시간을 늦추기만 하면 된다고 하시며.

'어차피 이대로 가만히 있으면 그쪽에서 문제를 일으킬 것 같다는 말씀이야.'

유전자 변형 마약의 해독제를 만들 수 있는 유일한 사람이다. 그러니 지금 벌인 수준으로는 아주 약간의 시간을 벌었다고밖에 할 수 없었다.

CDC에서 해독제를 확인하는 가운데 문제가 발생했다고 하지만, 한국을 비롯하여 그곳에서 해독제를 받아 간 다른 국가에서 문제가 발생하지 않고 원활하게 치료가 된다면 미국에서 보일 반응은 뻔했다.

'공격은 최선의 방어… 라고 하던가?'

선즉제인(先則制人).

싸움은 선수를 쳐서 기선을 잡아야 유리하게 상대를 제압할 수 있다는 말로, 고대 중국 초나라의 항우가 선수를 쳐서 회계태수 은통을 제압한 데서 유래된 말이다.

해리 부국장은 미국인이지만 이 사자성어를 상당히 좋아하고 맹신했다. 그랬기에 지금 이 자리에 있을 수 있었고, 마스터를 모실 수 있었다.

해리 부국장의 입가에 기분 나쁜 미소가 슬쩍 서렸다.

하지만 그는 몰랐다. 그가 내려다보지 않은 아래에서 누군가 그를 쫓는 사람이 있다는 것을.

＊　　　＊　　　＊

국정원을 다녀온 창준은 다시 마음이 조급해졌다.

전처럼 능력 자체를 높이기 위해서 조급한 건 아니었다. 그런 마음이 완전히 없다고 배제할 수는 없지만 그것보다 아마도 어딘가에 숨어 있을 흑마법사의 첩자를 잡아내는 것이 급해졌다.

미국에서 유전자 변형 마약의 해독약에 대한 이슈가 강해질수록 자신을 찾을 가능성이 높아졌기 때문이다.

그들이 페르낭에 대해서 인지하고 있을 수 있었다. 하

지만 장담하건대 페르낭은 유전자 변형 마약의 해독약을 만들 능력이 없다. 그러면 당연한 수순으로 창준을 찾게 될 것이다.

미국은 전 세계에서 가장 강력한 군대를 가진 국가이다. 그들이 한국을 압박하게 된다면 아무리 국정원이라고 하더라도 창준을 더 이상 보호해 줄 수 없을 가능성이 높았다.

굳이 군대를 가지고 압박하지 않아도, 경제적인 압박만으로도 한국 경제에 치명적인 상처를 입힐 수 있었다.

물론 그렇다고 하더라도 창준이 미국으로 갈 필요는 없기는 하다. 한국에서도 창준을 강제할 수 없으니 그냥 무시하면 된다.

하지만 유전자 변형 마약을 비롯한 모든 것이 흑마법사의 암수에 의한 것이라면 거부하기 힘들었다. 어차피 흑마법사가 원하는 목표가 무엇이든 전 세계 모든 사람에게 악몽과 같은 결과로 귀결될 가능성이 대단히 높으니까.

바로 이것 때문에 미국행을 자처해서 갈지도 모른다고 생각했다. 그리고 미국으로 간다면 이번에야말로 모든 싸움을 끝내고 싶었다.

연구실에서 창준은 작은 마법진을 유심히 살피며 몇 번이고 수정을 거듭하고 있었다.

지금 창준이 만들고 있는 마법진은 영국에서 평범한 사람이 흑마법을 쓰다가 괴물로 변한 걸 막는 마법진이었다.

새로운 마법을 만드는 방법은 여러 가지가 있지만, 가장 안전하고 오류 없이 마법을 만드는 방법은 지금 창준이 하는 것처럼 마법진으로 마법을 구현하는 것이었다.

마법진으로 마법을 구현하는 데 성공하면 다음에는 마법진을 룬어로 치환하여 마법으로 만든다. 말로는 쉬워 보이지만 이것 역시 쉬운 일이 아니다.

마법진을 완성했는지 유심히 마법진을 바라보던 창준은 상체를 일으키고 마법진을 활성화시켰다. 그러자 마법진에서 밝은 빛이 반짝이다가 사라진다.

활성화에 성공한 창준은 다시 한 번 마법진을 유심히 살펴보고는 작게 한숨을 내쉬었다.

'휴우, 일단 완성이기는 한데… 이게 성공할지 잘 모르겠네.'

기억을 유추해서 만든 마법진이다. 심지어 어떻게 평범한 사람이 괴물로 변할 수 있었는지 작동 원리도 알 수 없었다. 그저 모두 짐작하며 만든 마법진이었기에 제대로 작동할지 여부를 확신할 수 없었다.

하지만 이제 더 이상 창준이 할 수 있는 건 없었다. 마법진을 보완하고 싶다면 최소한 다시 한 번 괴물로 변하던 놈들을 만나야 한다.

여기서 만족하고 자리에서 일어난 창준은 뻐근한 몸을 풀어주면서 휴대폰을 집어 들었다. 휴대폰에는 여전히 창준도 모르는 사이에 걸려온 수많은 전화가 쌓여 있었다.

대부분은 누군지도 모르는 사람들의 전화였다. 설마 이렇게 많은 전화번호가 모두 대출 문의는 아닐 테니 아마도 방송에 나온 알케미와 포션에 대해 문의하거나 방송 인터뷰 요청 전화일 거라고 생각했다. 한마디로 무시해도 좋은 전화들이라는 말이다.

쉽게 무시할 수 없는 전화도 있었다.

'이건… 국정원에서 온 거네. 미국에서 반응이 왔나?'

불과 얼마 전에 온 전화였다. 창준이 잘 받지 않는다는 걸 알면서도 전화를 한 걸 보면 꽤 급한 사안일 수 있다는 생각이 들었다.

평소라면 전화를 하지 않는다. 급하면 다시 하겠지 하는 마음에서이다. 하지만 지금은 중요한 일이 진행 중이니 궁금해서라도 전화를 하지 않을 수 없었다.

그런데 창준이 국정원으로 전화를 걸려고 하자 마침 다른 전화가 걸려왔다. 여전히 모르는 전화번호였다. 그것도 심지어 국제전화로.

평소라면 안 받았을 것이다. 하지만 전화기도 손에 들고 있고 다른 곳에 전화를 걸려고 하는 참이었기에 전화를 받았다.

─안녕하…….

"대출 필요 없습니다. 보험도 생각 없고요. 혹시 인터뷰나 방송에 관련해서 말씀하시려는 거라면 회사로 전화주시기 바랍니다. 지금 다른 곳에 전화를 걸어야 되니까 끊도록 하겠습니다."

그리고 전화를 끊으려는데 수화기에서 목소리가 들렸다.

─기억하시는지 모르겠지만, 저 박신우입니다.

전화를 끊으려던 창준의 손이 멈췄다. 박신우가 누군지 기억하고 있기 때문이 아니었다. 하지만 말하는 걸 들어보니 자신과 안면이 있는 것 같아 무작정 끊을 수가 없었다.

'박신우? 그게 누구지? 그런 사람은 모르… 아!'

기억났다. 국정원 소속으로 호문클루스와 싸울 때 죽은 재철의 복수를 하려는 것처럼 보인 사람이다.

"기억났습니다. 이 전화번호는 어떻게 아셨… 아, 국정원 요원이시니……."

─이전에는 그랬지만 지금은 국정원 소속이 아닙니다. 그만둔 지 좀 됐습니다.

창준은 신우의 말에 눈을 살짝 찌푸렸다. 전에도 신우가 가만히 있을 것 같지 않다는 생각을 했는데 역시 국정원을 그만두고 복수를 하기 위해서 쓸데없는 일을 하는 것이 아닌가 하는 생각 때문이었다.

"설마 그놈들을 쫓는 겁니까?"

흑마법사라고 정확히 지칭하지 않았다. 하지만 이것만으로도 창준이 누구를 말하는지 정확히 알아들었을 것이다.

─부정하지 않겠습니다.

"하아, 위험하다고 이미 말하지 않았습니까. 아기도 있다면서요. 그런데 왜 위험한 일을 하려고 합니까?"

잠시 대답이 없던 신우가 말했다.

─이미 다 생각하고 움직이는 겁니다.

"지금이라도 늦지 않았습니다. 쓸데없는 일은 그만두고 가정에 충실하세요."

─그런 얘기를 들으려고 전화한 것이 아닙니다. 제가 직접 그들을 죽일 수는 없지만, 당신은 그럴 능력이 되잖

습니까. 그러니 제가 할 수 있는 일까지는 하려는 겁니다. 지금부터 제가 하는 얘기를 잘 들으세요. 제가 국정원을 나온 이유는 국정원이란 틀 안에서 그들을 쫓기란 불가능했기 때문입니다.

"신우 씨."

—그리고 지금은 어느 정도 성과를 얻었습니다.

다시 한 번 신우를 설득하려고 하던 창준은 신우의 말에 저도 모르게 입을 다물었다.

지금까지 밖으로 드러나지 않은 흑마법사이다. 그런데 신우에게 성과가 있다면 숨어 있는 누군가에 대해 꼬리를 잡았다는 말로 들렸기 때문이다.

신우가 말을 이었다.

—CDC에서 폭발이 있었다는 뉴스를 봤을 겁니다. 그건…….

"사실은 폭발이 아니라는 건 알고 있습니다."

—유전자 변형 마약의 해독약을 시험하는 중이었지요.

언론에 알려지지 않은 사실까지 알고 있는 신우를 보니 그의 말에 더욱 신뢰가 갔다.

—저희가 쫓는 놈들이 중간에 수작을 부린 것까지는 아마도 짐작하고 있을 거라 생각합니다.

"맞습니다."

—아직 범인을 찾지는 못했지만, 그들 중 하나가 CDC의 꽤 고위직에 숨어 있는 건 확실합니다.

　창준은 영국처럼 방첩부대인 CIA에 흑마법사가 있을 거라고 생각하고 있었다. 그런데 CDC에 흑마법사가 있다니 대단히 의외였다.

　"확실합니까?"

　—몇 번이고 확인한 일입니다. 물론 CDC를 제외하고 다른 곳에도 놈들이 있을 겁니다. 하지만 그쪽은 정확하게 파악되지 않았고 CDC의 최고위층이 놈들과 한패거나 놈들 중 하나라는 건 확실합니다. 최고위층이 아니라면 해독약을 임상실험 하던 연구원일 겁니다. 제 분석으로는 최고위층에 더 무게가 실리는군요.

　비록 신우가 특정한 누구를 지정하지는 않았지만, CDC라고 한정을 지어준 것만으로도 충분히 큰 도움이 되었다. 최소한 어디서부터 시작해야 할 것인지 가이드를 정해준 것이나 다름없었으니까 말이다.

　신우의 말을 머릿속에 확실히 담아둔 창준은 진심을 담아 말했다.

　"고맙습니다. 덕분에 큰 도움이 되었습니다. 하지만 여기까지입니다. 나머지는 제가 알아서 할 테니 그만 집으로 돌아가십시오."

―…아직 원흉을 찾지 못했습니다.

"신우 씨!"

―나중에 또 연락하겠습니다. 그럼…….

신우는 창준이 더 말하기 전에 전화를 끊었다. 창준은 씁쓸한 얼굴로 휴대폰을 내려놨다.

아무리 창준이 대단히 이성적으로 변했다고 하지만, 사람이 죽을지도 모르는 위험을 자초하도록 놔둘 정도는 아니었다.

'이해하지 못하는 건 아니지만… 너무 무모해.'

자신을 살리고 죽은 재철을 생각해 저런 무모한 짓을 벌인다는 걸 알기에 그의 동기는 이해할 수 있었다. 그러나 그는 일반인이다. 행여나 흑마법사에게 노출되면 꼼짝도 못하고 죽을 것이다. 아니, 차라리 죽여 달라고 할 정도의 고통을 받을지도 모른다. 그런데도 이렇게 무모하게 달려드는 신우가 안타까웠다.

신우를 살리기 위해 목숨을 던진 재철을 위해서라도 그를 살리고 싶었다.

'그러려면… 내가 그만큼 빨리 움직여야 된다는 말인가?'

고개를 저은 창준은 국정원장의 직통 번호로 전화를 걸었다. 신호가 몇 번 울리지 않아 국정원장이 전화를 받왔다.

　―정규태입니다.

　"저 김창준입니다. 전화를 하신 것 같아서 연락드립니다."

　―아! 그렇지 않아도 미스 프로시아에게 연락을 부탁드렸는데 다행입니다.

　"무슨 일이 있습니까?"

　―미국에서, 아니, CIA에서 연락이 왔습니다.

　"CIA에서요? 뭐라고 하는데요?"

　―그쪽에서는 해독약을 만든 장본인이… 미국으로 와서 해독약에 대한 증명을 요청하고 있어서…….

　"저보고 직접 미국으로 오라고요?"

　―저희도 그건 너무 무리한 요구가 아니냐고 하고는 있지만… 상황이 좀 그렇습니다.

　역시 국정원은 미국의 요청을 거부할 힘이 부족했다. 그리고 방금 전 신우에게 CDC 얘기를 들었는데 이번에는 CIA라니 기분이 묘하기도 했다.

　'이미 이런 요구를 할지도 모른다고 생각은 했지만… CDC도 아니고 CIA에서 이런 요구를 하다니… 내 생각이 맞는 건 아닐까?'

　창준은 CIA에 흑마법사가 숨어 있을 가능성을 생각했다.

침묵을 지키고 있으니 수화기 너머의 국정원장도 아무런 말을 하지 않고 가만히 있었다. 어차피 그는 창준을 강제할 힘이 부족했기에 창준이 어떤 대답을 내놓을지 기다리고 있는 상황이었다.

침묵을 지키던 창준이 이내 입을 열었다.

"제가 미국으로 가겠습니다."

─그, 그렇습니까? 감사합니다! 대신 아무런 문제가 일어나지 않도록 최선을 다하도록 하겠습니다!

국정원장이 잔뜩 고양된 목소리로 외치듯 말했다.

창준은 CDC의 폭발 얘기를 들을 때부터 이런 일이 일어날 수 있다고 생각했다. 그리고 흑마법사의 계획이 무엇이든 그것을 무산시키려면 미국으로 가야 되는 것이 맞기도 했다.

그렇다고 흑마법사가 얼마나 강한 힘을 가지고 있는지 모르는 상태로 무작정 미국으로 갈 생각은 없었다.

대비는 어느 정도 되어 있었다.

밤이 깊었지만 쉽게 잠들지 못하던 케이트는 천천히 눈을 떴다. 그녀의 눈앞에서 창준이 안정적으로 호흡을 하며 잠을 자고 있다.

내일은 창준이 미국으로 가는 날이다. 그가 왜 미국으

로 가는지, 그리고 미국에서 안전하지만은 않을 거란 걸 알고 있는 케이트였기에 잠들기가 힘들었다.

아름다운 푸른 눈동자로 잠시 창준을 바라보던 케이트는 창준이 알아채지 못하게 조심스러운 움직임으로 침대에서 일어났다.

그녀가 일어남에 따라 그녀를 덮고 있던 이불이 흘러내렸고, 방금 전에 창준과 사랑을 나눈 흠 잡을 곳 없는 나신이 달빛 아래 드러났다.

침대에서 일어난 케이트는 실크로 만든 나이트가운을 걸쳤는데 부드러운 실크는 그녀의 몸을 타고 흘러내리는 것처럼 보였다.

침실에서 나온 케이트는 창밖을 바라봤다. 그녀의 표정은 평소처럼 무표정에 가까웠지만, 그녀의 눈동자에는 수심이 가득 담겨 있었다.

그렇게 창밖을 바라보던 케이트의 뒤로 누군가 다가오더니 그녀의 허리를 슬쩍 끌어안았다. 화들짝 놀란 케이트는 고개를 돌려 자신을 끌어안은 사람이 창준이라는 걸 확인하고 자신의 허리에 둘러진 창준의 손을 살포시 붙잡았다.

"잠이 안 와요?"

창준의 목소리가 부드럽게 케이트의 귓가를 자극했다.

케이트가 고개를 흔들자 그녀의 하늘거리는 머리카락이 창준의 뺨을 간질였다.

"괜찮아요."

"그러면 왜 이러고 있어요?"

"…그냥……."

"걱정하는 거예요?"

"…미국… 안 가면 안 되나요? 혹시나 당신에게 무슨 일이 생길까 봐… 두려워요. 전…이제 당신이 없으면 못 살아요."

떨리는 케이트의 목소리에서 그녀가 얼마나 자신을 걱정하는지 느껴졌다. 아이러니한 건 그녀의 걱정하는 마음이 창준에게는 기분이 달달하도록 만든다는 것이다.

케이트를 만나기 전에는 느껴본 적이 없는 기분이고, 평소 겉으로 드러내지는 않아도 얼마나 자신을 사랑하는지 증명하는 듯한 느낌이 들었다.

창준은 케이트를 더욱 꼭 끌어안으며 그녀의 뺨에 진한 키스를 했다.

"나도 케이트가 없으면 못 살 것 같아요."

"그러면 미국에 가지 말아요. 한국에 있자고요."

"미안하지만 그럴 수 없어요. 내가 미국에서 일어나는 일에 개입하지 않으면… 어떤 형식으로든 우리를 위협할 거예요. 우리만이 아니라 내 가족들, 당신에게 소중한 사람들까지 모두."

창준의 손을 잡고 있는 케이트의 손이 가늘게 떨렸다. 지금 창준의 말을 듣고 그가 정말 위험한 곳에 간다는 걸 인식했기 때문이다.

창준은 케이트의 떨리는 손을 잡고 말했다.

"난 절대 당신을 혼자 두고 안 죽어요. 그러니까 걱정 말아요."

"……"

"날 못 믿어요? 그리고 이 세상에서 날 죽일 능력을 가진 사람은 거의 없다고요."

"……"

"알았어요. 그러면 위험할 것 같으면 얼른 도망칠게요. 내가 마음먹고 도망치면 날 잡을 사람은 없으니까요."

"…정말이죠?"

이제야 케이트가 대답했다. 미련하게 용감한 사람보다는 현명한 겁쟁이가 되기를 바라는 것 같았다. 그건 창준도 동의하는 바다.

"당연하죠. 이렇게 아름답고 사랑스럽고 예쁜 케이트를 두고 내가 괜히 위험한 짓을 하려고 하겠어요?"

창준은 케이트를 돌려 품에 안고 웃으며 말했다. 그러곤 주머니에서 목걸이를 꺼내 케이트의 목에 걸어줬다. 목걸이는 물방울처럼 생긴 푸른 보석이 달려 있었다.

"이건……."

"미리 말하지만 다이아몬드는 아니에요."

"알아요."

"하지만 세상에서 단 하나밖에 없는 보석이라고 할 수 있지요."

보석을 만지작거리는 케이트를 보고 미소를 지은 창준이 말을 이었다.

"내가 안전하면 파란색이에요. 그리고 내가 위험해지면 빨간색으로 변할 거예요. 어디서 내가 죽었다는 말이 나와도 보석이 파란색이면 믿지 말아요. 내가 일부러 세상의 눈을 피해 숨어 있는 거니까요."

케이트에게 걸어준 목걸이는 별것 아닌 것처럼 보이지만 무려 7서클 마법진이 들어간 것이다. 세상 어디에 있더라도 창준의 상태를 알려주는 보석이라는 기능 하나밖에 없지만 말이다.

여기에는 약간의 거짓말이 섞여 있었다. 사실 보석이 붉은색으로 변하면 창준이 죽었다는 걸 의미한다는 것이다.

하지만 이렇게 말하면 케이트가 더 불안하게 생각할 것 같아 말을 조금 순화했다. 실제로 창준에게 문제가 생긴다는 말은 그의 죽음으로 귀결될 가능성도 있었으니까. 대신 그가 살아만 있다면 크게 다친다고 하더라도 케이트가 걱정할 일은 없을 것이다.

케이트는 보석을 만지작거리다가 창준을 올려다보며 말했다.

"절대로 이 보석을 빨갛게 만들지 말아요. 만약 빨간색으로 변하면……."

"변하면?"

"…혼내줄 거예요."

케이트가 말하는 모습이 너무나 귀여워. 심장이 쿵쾅거리고 뛰었다. 이렇게 귀여운 케이트를 가만히 놔둘 수 없었다.

창준은 케이트를 두 팔로 안아 올려 침대로 향했다.

"자, 잠깐만요! 설마 또……?"

"이건 케이트 때문이에요. 너무 귀여워서 그냥 놔둘 수 없다고요!"

그러고는 케이트와 함께 침대로 몸을 던지는 창준이었다.

＊　　　＊　　　＊

공항으로 향하는 차량에는 창준과 정선만이 타고 있었다. 원래 케이트도 같이 움직이려고 했지만 창준이 거부했다. 괜히 케이트의 기분만 울적해질 것 같다는 마음에서였다.

인천공항으로 운전하는 와중에도 정선은 여러 가지 주의 사항과 지시 사항을 말하기에 바빴다.

"일단 공항에 도착하면 기다리는 사람이 나와 있을 겁니다. 그 사람들과 같이 움직이시면 됩니다."

"누가 나와 있습니까? 팻말이라도 들고 있나요?"

"일단 한국 대사관 직원과 CIA에서 나온 사람이 기다리고 있을 거예요. 당신의 얼굴은 그쪽에서 알고 있으니 공항을 나오면 알아서 접촉하려고 다가올 겁니다."

"그리고요?"

"그들을 만나면 CIA에서 운영하는 연구소로 향할 거라고 합니다. 위치는 비밀이라고 하는데, 어차피 한국 대사관 직원이 같이 움직일 거니까 걱정할 필요는 없고요."

"대사관 직원이라는 사람, 국정원 요원인가요?"

"…대답하기 힘들군요."

"그렇다는 말로 알아들을게요. 근데 왜 CDC로 안 가고 연구소로 가는 거죠?"

"그곳에 해독약을 만들 준비가 되어 있을 거예요. 그리고 해독제를 만들면 바로 임상실험에 들어가서 해독약의 효과를 검증할 거고요."

창준은 미간을 살짝 찌푸렸다.

해독약에 대한 효과는 자신할 수 있었다. 굳이 그런 퍼포먼스와 같은 짓을 하고 싶지 않았다. 미국까지 가는 목표가 겨우 해독약을 증명하기 위해서가 아니었다.

목표는 CDC였다. 그곳에 가서 신우가 말한 고위층과 만나 흑마법사를 찾아내는 게 창준의 목표였다. 하지만 아무래도 국정원과 CIA에서는 해독약에 포커스가 맞춰져 있는 모양이다.

'할 수 없나? 해독약을 만든 다음에는 CDC에서도 실험을 할 테니까 방문할 수 있겠지.'

마음대로 움직일 수 있지만, 그러면 괜히 국정원과 한국 정부가 곤란하게 될 게 뻔했다. 최대한 그들의 계획대로 움직이는 게 옳았다.

"만약 문제가 생기면 몸을 숨겨야 할 안전 가옥의 위치와 랑데부 장소, 암호까지 모두 기억하고 있겠죠?"

"저 제법 똑똑합니다. 애초에 멍청했으면 회사를 만들지도 못했겠죠."

"그만큼 중요하니까 하는 말이잖아요. 정확히 외웠는지 말해 봐요."

깐깐하게 구는 정선의 태도가 귀찮았지만, 그녀가 이렇게 나오는 이유가 결국 자신을 위한 거라는 걸 알고 있으니 창준은 순순히 그녀의 요청대로 안전가옥의 위치 등을 말했다.

"정확해요. 당신의 곤란한 상황을 피할 수 있도록 만드는 정보니까 절대로 잊어먹으면 안 돼요. 알겠죠?"

"그래야겠죠."

온갖 잡다한 정보를 주입이라도 하려는 것처럼 말하는 정선의 태도는 공항에 도착하는 순간까지 계속되었다.

딱히 짐도 배낭 하나 정도만 준비한 창준에게 비행기 표를 건네줬다.

"항공사는 CIA에서 준비한 대로 미국 항공사예요. 좌석은 퍼스트클래스고요."

"다행이네요. 이코노미가 아닌 걸 보니."

약간 비꼬는 것처럼 말하는 창준을 보고 정선이 깊게 한숨을 내쉬었다.

"정신 똑바로 차리셔야 해요. 마음 같아서는 저도 같이 가고 싶지만… 그럴 수 없는 입장이라서 혼자 보내는 거니까요. 영국에 가셨을 때처럼 문제가 생기지 않도록 주의하세요."

정선은 국정원의 비밀병기라 할 수 있었다. 그리고 무엇보다 외부에 이런 능력자가 있는지 드러나지도 않았기에 창준과 함께 미국으로 보낼 수 없었다.

창준에게 문제가 생기더라도 능력자 한 사람이 남기를 바라는 국정원의 결정이었다.

"그런 건 걱정하지 말고요. 혹시나 제 가족에게 문제가 생기지 않도록 잘 부탁드릴게요."

"그거야말로 걱정하지 마세요. 저까지 대전에 수시로 내려가 상황을 체크하니까요."

"고맙군요. 그럼 나중에 보자고요."

창준은 가볍게 손을 흔들고 입국심사장으로 들어갔다. 그걸 바라보는 정선의 얼굴에는 한줄기 불안함이 자리 잡고 있었다.

'불안해.'

창준의 이번 미국행은 사실상 국정원의 손을 벗어난 것이나 다름없다.

최소한의 대비책으로 국정원 요원이 신분을 숨기고 창준과 함께 움직이게 되겠지만, 미국이라는 거대한 나라에서 그 정도 가지고는 안심할 수 없었다.

지금 벌어지고 있는 일이 모두 CIA의 영향력 아래 벌

어지는 것이라는 게 그녀를 가장 불안하게 만드는 요인
이었다.

그렇다고 지금 정선이 할 수 있는 일은 없었다. 그저
창준이 확실히 일을 처리하고 무사히 돌아오기를 바랄
수밖에 없었다.

창준이 비행기에 올라 퍼스트클래스로 이동하고 얼마
지나지 않아 미모의 백인 여성 스튜어디스 한 명이 비행
기에 올랐다. 기내를 총 관리하는 객실 사무장을 맡고 있
는 흑인 스튜어디스가 새로 탑승한 스튜어디스를 보고
다가왔다.

"무슨 일이죠?"

"안녕하세요. 근무가 바뀌어서 제가 이 비행기에 탑승
하게 되었습니다."

스튜어디스답게 밝게 웃으며 말하는 백인 여성의 말에
사무장이 살짝 인상이 찌푸렸다.

"그게 무슨 말이죠? 저는 아직 보고 받은 일이……."

"갑자기 일정이 변경되었어요. 근무 변경 명령표 여기
있습니다."

사무장은 서류를 받아 확인하고는 한숨을 푹 내쉬며
뒤에 있는 스튜어디스에게 말했다.

"바이올렛, 내일 운항하는 비행기로 교체되었어요."

"제가요? 하아, 본국으로 돌아가면 약속이 있었는
데……."

얼굴이 울상으로 변한 스튜어디스가 낙담한 목소리로
중얼거렸다.

"어쩔 수 없잖아요. 그러니 이분… 미스……."

"제니라고 부르시면 됩니다."

"그래요, 제니가 탑승하고 바이올렛은 어서 짐을 챙겨
내리도록 하세요."

"네."

바이올렛은 꽤나 짜증이 나는 듯 미간에 금이 가 있으
면서도 서둘러 자신의 짐을 챙겨 비행기에서 내렸다.

이렇게 갑작스레 스튜어디스가 바뀌는 경우가 그리 흔
한 일은 아니지만 그렇다고 보기 드문 일도 아니었다.

그저 뭔가 전산상의 오류가 있던지 다른 일이 있을 거
라 생각하고 넘어갈 수밖에 없었다.

바이올렛이 내리자 사무장이 새로 탑승하게 된 스튜어
디스 제니에게 말했다.

"일단 부사무장의 지시에 따르세요. 어떤 일을 맡을지
는 부사무장이 설명해 줄 거예요. 직급이 어떻게 되시
죠?"

"승무원입니다."

"다행이네요. 처음 하는 일이 아닐 테니 문제만 일으키지 말아요."

깐깐하게 말한 사무장은 자신의 일을 하기 위해서 기내로 들어갔고, 제니는 부사무장을 따라가 자신이 맡을 일을 지시 받았다.

비행기가 이륙하고 스튜어디스의 일은 더욱 바빠지기 시작했다. 특히 식사 시간이 얼마 남지 않았기에 준비하는 스튜어디스들의 움직임은 점점 더 빨라졌다.

이코노미석 식사를 담당하게 된 제니는 다른 승무원들이 먼저 식사를 가지고 나가는 걸 확인하고 잠시 멈췄다.

그러고는 사람들의 시선을 피해 주머니에서 무언가를 꺼내더니 식사가 담겨 있는 서비스 카트를 향해 뿌렸다.

불길한 녹색 가루는 자신이 어디로 가야 하는지 아는 것처럼 움직이며 서비스 카트에 놓인 식사에 안착했다. 그러곤 어느새 눈에 보이지 않는 색깔로 변해 버렸다. 제니가 뿌리는 걸 확인하지 않았다면 누구도 눈치채지 못할 정도였다.

눈을 반짝하고 빛낸 제니는 아무 일이 없는 것처럼 서비스 카트를 밀고 나가 상냥한 웃음을 지으며 승객들에게 식사를 제공하기 시작했다.

　비행기가 이륙하고 두 시간도 지나지 않아 벌어진 일
이었다.

CHAPTER
06

암살자

ALCHEMIST

창준의 신체적 능력은 대단히 뛰어나다. 굳이 마나를 사용하여 능력을 더욱 끌어올리지 않는다고 하더라도 인간의 한계를 아득하니 뛰어넘은 수준이라고 할 수 있었다.

100미터를 수 초 만에 주파하고 50킬로미터를 끊임없이 달려도 크게 지치지 않는다.

뿐만 아니라 무려 500킬로그램이 넘는 역기를 들어 올릴 수 있으며, 제자리에서 도약한 것만으로 거의 건물 삼층 정도는 무난히 올라설 수 있었다.

이런 것들이 마나를 사용하지 않은 상태에서도 가능하

니 마나를 사용하게 되면 얼마나 더 대단한 능력을 선보
일 수 있을지 가늠할 수 없었다.

그런데 이런 것들이 전부가 아니었고, 겨우 표면적으
로 나타난 것일 뿐이다. 겉으로 보이지 않는 능력은 더욱
대단했다.

인간을 초월하는 경지에 오르게 되면서 그의 신체는
언제나 항상 최상의 상태를 유지하려고 하는 성질을 갖
게 되었다.

그 말은 신체적 불균형을 일으킬 수 있는 어떠한 물질,
독이나 병균 같은 것들이 들어오면 자연적으로 반응하여
몸 밖으로 밀어내려고 한다는 것이다.

물론 세상의 모든 독이나 질병에서 완전히 자유롭게
변했다는 얘기는 아니지만, 최초에 독이 몸에 침범했을
때 신체가 알아서 독을 밀어내려고 하고, 나중에라도 마
나를 이용해 몸에서 밀어낼 수 있기는 했다.

흔히 무협소설에서 나오는 만독불침(萬毒不侵)은 아니
더라도 천독불침(千毒不侵) 정도는 된다는 말이다.

그것만이 아니라 육감이 대단히 높아졌다.

사람에게는 오감(五感)이라는 것이 있다. 시각, 청각,
후각, 미각, 촉각을 부르는 말로 대표적인 인간의 감각기
관을 말하는 것이다.

육감은 직입적인 감성을 뜻하는 말로 현대의 초심리학에서는 초감각적 지각(ESP)라고 칭하는 이상 능력이다.

아직까지도 과학적인 분석이 끝나지 않은 이 육감이라는 것은 평소에는 생각하지 못하던 것들을 떠올리게 만들거나 눈을 가리고 있어도 장애물과 부딪치지 않고 피해가기도 한다.

그렇기에 육감이 비약적인 상승을 했다는 말은 무언가 자신에게 위협이 될 수 있는 상황에서 그것을 반사적으로 피할 수 있도록 만든다는 말과 같았다.

그것은 곧 초능력과 같은 인지 능력을 얻었다는 것이다.

어두운 밤하늘을 가르며 태평양 한가운데를 날아가고 있는 비행기 내부는 승객들이 편안히 취침할 수 있도록 어둡게 되어 있었다.

스튜어디스 업무 공간에 홀로 있던 제니는 조심스럽게 자신의 짐을 열어 무언가를 꺼냈다. 발터 PPK라 불리는 독특한 외형을 가진 권총이었다.

제니는 권총을 옷 안으로 잘 숨기고 가방에서 소음기까지 꺼내 챙긴 이후 업무 공간을 나와 퍼스트클래스가 있는 이층 계단을 향해 걸어갔다.

주변에는 온통 잠에 빠진 사람들밖에 없었고, 일부 깨어 있는 사람들은 제니에게 신경도 쓰지 않고 각자 자신의 일을 하고 있었다.

하지만 제니가 2층으로 올라가자 마침 업무 공간으로 들어가려던 사무장이 그녀를 보고 눈을 찌푸리며 업무 공간으로 들어가 제니에게 들어오라고 손짓했다.

제니가 들어오자 사무장이 속삭이는 목소리로 물었다.

"무슨 일이죠? 지금 승객들 담당은 당신이 하는 걸로 알고 있는데요."

"잠깐 일이 있어서요."

"무슨 일인데요?"

사무장은 질문을 하면서도 승객이 무언가 주문했는지 준비하는 것으로 바빠 보였다.

그걸 본 제니는 얼굴을 싸늘하게 굳히며 자신의 치마를 살짝 걷어 올려 허벅지에 숨겨져 있던 한 뼘 길이의 단검을 뽑았다.

뭔가 준비하던 사무장이 뒤를 돌아보자 제니는 한 손으로 사무장의 입을 막고 단검으로 사무장의 허파가 있는 부위를 빠르게 두 번 찔렀다.

푹! 푹!

사무장의 눈이 찢어질 듯 커지고, 그는 당장이라도 비

명을 지르려고 했지만 허파가 뚫렸기 때문인지 미약한 소리만이 흘러나왔다.

그나마 입을 막고 있는 제니의 손 때문에 밖으로는 소리가 조금도 흘러나오지 않았다.

버둥거리려는 사무장의 움직임에 제니의 단검이 다시 한 번 사무장의 목에 있는 급소를 찔렀다.

제니는 소리가 들리지 않도록 눈에서 빛이 꺼져가는 사무장을 바닥에 눕혔다.

단검을 회수하지도 않은 채 제니는 아무런 일도 없었다는 듯 업무 공간을 나와 퍼스트클래스가 있는 곳으로 걸어갔다.

늦은 밤이었기에 퍼스트클래스에 있는 사람들도 모두 잠을 자고 있었다.

제니는 잠을 자고 있는 승객들 중에 한 사람인 창준을 확인하고 품에서 권총과 소음기를 꺼내 연결하며 다가갔다.

그리고 창준에게서 몇 걸음 떨어진 위치에 왔을 때 그녀의 권총이 누워 있는 창준의 머리를 겨눴다.

푹! 푹! 푹!

소음기 특유의 소리가 들리고 창준의 머리에 총알이 박히는 것처럼 보였다.

하지만 창준의 머리가 슬쩍 움직이며 총알은 그가 베고 있던 베개에 박혔을 뿐이다.

분명히 잠을 자고 있었지만, 육감에 의해 본능적으로 총알을 피한 것이다.

눈을 번쩍 뜬 창준은 벼락같이 자리에서 일어났고, 제니의 권총은 그런 창준을 향해 다시 불을 뿜었다.

퓨퓨퓨욱!

창준은 방금 잠에서 깨어난 사람이라고는 믿을 수 없을 정도로 유연하게 움직여 총알을 피했다. 그리고 그가 피한 총알은 공교롭게도 다른 자리에 있던 승객 두 명에게 적중하고 말았다.

"악!"

"꺼억……."

한 사람은 어깨에 한 발을 맞았지만 두 발을 모두 맞은 다른 한 사람은 급소에 맞았기에 그대로 숨넘어가는 소리를 내며 절명하고 말았다.

이 소리에 눈을 뜬 다른 승객들이 총상을 입고 비명을 지르는 사람과 죽어버린 사람을 보고 비명을 질렀다.

"꺄아아악!"

"사, 살인이다!"

창준은 얼굴을 일그러뜨렸다. 자신을 죽이려 한 스튜

어디스 제니가 두 번째 총을 발사하기 전에 막았어야 하는데 멍한 와중에 피해.한 사람이 죽임을 당하고 말았기 때문이다.

다시 권총을 발사하려는 것처럼 총구를 겨누는 제니의 모습을 보고 창준은 빠르게 그녀에게 접근해 복부를 가격했다.

창준의 주먹이 제니의 복부를 가격하려는 순간, 제니의 몸이 순식간에 번쩍거리는 금속으로 변해 버렸다.

쾅!

하지만 창준의 주먹에 담긴 힘은 일반적인 남성의 주먹에 실리는 힘과 전혀 달랐기에 뒤로 튕겨지듯 5미터는 족히 날려가 버렸다.

'능력자?'

창준의 눈이 찌푸려졌다. 주먹에서 느껴지는 감각으로 제니에게 큰 충격을 주지 못했다는 것과 동시에 그녀가 라스베가스에서 만났던 헨릭처럼 능력자라는 것도 알아챘다.

그의 생각이 맞는다는 걸 증명이라도 하듯 바닥에 쓰러져 있던 제니가 멀쩡히 일어나는 게 보였다.

그녀의 손에 들려 있던 권총은 어디로 굴러갔는지 보이지 않았다.

창준은 시간을 지체할 생각이 없었다. 제니의 능력이 몸을 금속화하는 것뿐인지, 아니면 다른 능력도 있는지 알 수 없었으나 그녀를 제압하지 못할 가능성은 거의 제로에 가깝다고 생각했다.

제니는 창준을 보며 손가락을 까딱거리며 움직였다. 그러자 그녀의 손끝이 살짝 길어지며 날카롭게 변했다.

상대를 충분히 제압할 수 있다는 생각은 창준만이 한 게 아니라 제니 역시 같은 생각을 하고 있는 게 분명했다.

창준이 제니를 향해 바로 뛰어들려고 할 때, 제니의 뒤로 건장한 중년 백인 사내가 나타나더니 권총을 겨누며 소리치는 게 보였다.

"움직이지 마(Don' t move)! 항공기 보안요원이다!"

뒤에서 들리는 보안요원의 외침에도 제니는 무표정했다. 오히려 창준의 얼굴이 일그러졌다.

'권총은 소용이 없어! 쓸데없는 짓을⋯⋯.'

창준은 더 이상 지체하지 않고 제니를 향해 달려들었다. 비록 전력을 기울이지는 않았지만 꽤나 진심으로 움직였다.

일반인이라면 갑자기 눈앞에서 나타났다고 느낄 정도로 빠른 움직임이었다.

그런데 그가 움직이는 것과 동시에 제니 역시 보안요원을 향해 달려들었다.

그것도 방금 창준이 보여준 움직임과 거의 비등할 정도의 빠르기였다.

보안요원은 눈앞에서 불쑥 나타난 듯이 보이는 제니에게 권총을 발포했다.

탕!

자동조종장치를 켜놓고 기장과 농담을 하고 있던 부기장은 어렴풋이 총소리를 들었다.

"잠깐만요. 지금 총소리가 난 것 아닙니까?"

"총? 난 아무것도 듣지 못했는데?"

착각한 것일 수도 있었다. 하지만 잠깐 들린 총소리를 다시 듣기 위해 귀를 기울이자 미약하게 사람들이 비명을 지르는 소리도 들리는 것 같았다.

"아무래도 무슨 일이 일어난 것 같습니다!"

"착각한 것 아닌가? 난 아무 소리도 들리지 않는다고."

"확인을 해봐야겠습니다."

부기장이 자리에서 일어나려고 할 때, 기장이 품에서 성인 주먹보다 조금 작은 소형 권총을 꺼내더니 부기장의 머리에 겨눴다.

"기, 기장님?"

"그냥 잘못 들었다고 생각할 것이지."

"그게 무슨……?"

탕!

말을 채 끝내기도 전에 기장이 방아쇠를 당겼다. 델린져(Dellinger)와 비슷한 유형의 작은 권총이었지만 이런 근거리에서 이마를 뚫고 들어가면 살아남을 수 없었다.

조종석에 늘어진 부기장에게서 시선을 돌린 기장은 주머니에서 암호화된 문자 전송기를 꺼내 문자를 입력했다.

─작전 실패. 플랜B로 작전을 전환.

잠시 후 답장이 왔다.

─플랜B 실패 시 소각 작전 실시.

기장이 고개를 끄덕이고 바닥으로 손을 내밀자 흐릿한 빛이 일어나며 숨겨져 있던 마법진이 활성화되기 시작했다.

팍!

권총에서 발포된 총알은 제니가 내민 손바닥에 막혀 찌그러지며 바닥에 떨어졌다.

총알을 막아낸 제니를 보고 눈이 휘둥그레진 보안요원

의 총을 잡아챈 제니는 그대로 권총을 우그러뜨리고 보안요원의 복부에 날카로운 손톱을 박아 넣으려고 했다.

창준은 그런 제니의 뒷덜미를 잡고 들어 올려 바닥에 내리꽂았다.

그리고 바로 일어나려는 제니의 머리를 발로 차버리자 요란하게 굴러갔다.

이번 공격으로 제니가 죽지 않았다는 건 때리는 순간 알아챘다.

본격적으로 제니를 제압하려면 쓸데없는 변수를 줄이는 게 나았다.

"여기는 제가 처리할 테니 사람들이나 빨리 대피시키세요."

창준의 말에 보안요원은 멍하니 창준을 보며 물었다.

"…당신은 누굽니까?"

"평범한 퍼스트클래스 승객이죠. 이런 얘기는 나중에 하고 일단 피하시라고요."

"아, 네!"

"바닥에 굴러다니는 권총이 하나 있을 겁니다. 그것도 가져가세요."

"알겠습니다! 모두 저를 따라오세요!"

보안요원은 겁에 질려 아직 도망치지 못한 사람들을

인솔했다. 제니가 사용하던 권총은 다행히 금방 찾을 수 있었다.

사람들이 보안요원을 따라 피하는 걸 봤을 텐데도 제니는 그것에 신경 쓰지 않았다.

그저 자리에서 일어나 창준을 날카롭게 노려보고 있을 뿐이다.

순식간에 사람들이 빠져나갔고, 퍼스트클래스인 이곳에는 창준과 제니만이 남았다.

싸움의 여파로 다칠 사람들이 없어지니 조금은 여유가 생긴 창준이다.

마음 같아서는 당장 마법을 사용해 제압하고 싶었지만 그럴 수 없었다.

지금 이곳은 비행기 안이었고 저 서클 마법으로 제니를 제압하는 건 불가능해 보였다.

그렇다고 고 서클 마법을 사용하면 비행기가 터질 것이 분명했다.

물론 창준은 살아남을 자신이 있었지만, 비행기를 타고 있는 수백여 명의 생사를 장담할 수 없었다.

'육박전만 사용해야 된다?'

마법을 사용할 수 없는 상황이기는 했으나 걱정하지는 않았다.

7서클로 오른 이후 마법을 사용하지 않는 상태로 주강과 싸운다고 하더라도 지지 않을 자신이 생긴 창준이다.

"보아하니 능력자인 것 같고, 나를 암살하려고 한 걸 보면 목적도 충분히 알겠다. 어차피 나를 죽이려는 놈들이 있다는 걸 잘 알고 있으니 왜 나를 죽이려고 했는지는 묻지 않겠다."

"……."

"제대로 대답을 해주지 않을 거라는 것도 알고는 있는데, 혹시나 해서 물어보기는 하지. 흑마법사는 아닌 것 같은데, 어디 소속인가?"

"……."

"능력자들은 CIA에 소속되어 있는 것으로 알고 있거든. CIA에서 나왔나?"

"……."

"내가 CIA 초청으로 미국으로 간다는 걸 알고 있나?"

"……."

"그럼 CIA에서 나를 죽이려고 하는 건가?"

제니는 창준의 말에 아무런 대답을 하지 않았다. 창준도 대답을 기대하지는 않았다. 혹시나 하는 마음에 물어봤을 뿐이다.

"대답할 마음이 없는 것 같은데, 그건 나중에 너를 제압한 이후에 알아보면 되겠지. 슬슬 마무리를 하자고."

제니는 싸울 준비를 하는 창준을 보며 입을 열었다.

"…우리가 알고 있는 정보와 차이가 있군요. 대략 5서 클 마법사로 알고 있었는데… 중국 무인처럼 신체 강화를 한 것 같고요."

"한창 젊은 나이이니 하루가 다르게 성장하는 것뿐이지."

제니가 싸늘하게 미소를 지었다.

"당신 때문에 이 비행기에 타고 있던 승객이 모두 죽게 될 겁니다. 차라리 조용히 죽었으면 승객들은 살아남았을 텐데……."

"증인과 증거를 남기지 않겠다는 말인가? 그건 나를 죽이고 생각할 일인 것 같은데?"

"아니, 그 전에 벌어질 일입니다."

"…뭐?"

순간 비행기에서 이제는 익숙하게 느껴지는 마기가 흘러나오는 걸 느꼈다.

"내가 왜 바로 싸우지 않고 시간을 끌었다고 생각하나요? 다행히 당신이 알아서 시간을 끌어줘서 준비가 수월하게 끝난 것 같군요."

순간 이코노미 좌석이 있는 아래층에서 키메라의 괴성

과 비명이 들려오기 시작했다.

크아아아아!

"꺄아악!"

"괴물이다!"

창준은 좋게 말하면 개인적인 성격이다.

마법의 서클이 늘어날수록 이성적인 판단을 할 수 있게 되면서 무모한 일은 피하고 자신에게 유리한 상황을 만든다는 말이다. 나쁘게 말하자면 이기적이라고 말할 수 있겠지만 말이다.

그렇다고 창준이 눈앞에서 누군가 죽어나가더라도 눈 하나 깜빡하지 않는 냉혈한이라는 말은 아니다.

그가 할 수 있으면 눈앞에 있는 사람을 구하려는 모습은 여러 번 보여줬다.

영국에서도 괴물과 싸우던 경찰을 구하기 위해서 앞으로 나서지 않았던가.

제니는 위협적인 능력을 가진 능력자가 맞았다.

몸을 다이아몬드로 바꾸며 어지간한 공격은 통하지 않았고, 부차적으로 창준이 6서클이었을 때 정도의 움직임을 보이며 손가락에는 예리한 칼날이 만들어져 있었다.

이런 제니를 상대하는 사람이라면 누구든지 큰 위협을

느낄 것이 분명했다.

하지만 창준은 제니가 위협적이라는 건 인정하지만 자신을 해칠 능력은 없다고 판단했다.

6서클이었다면 몰라도 7서클에 오른 지금은 제니 정도에 자신이 죽거나 제압당할 것 같지 않았다.

이런 상황이라면 제니와 싸우기 위해 사람들이 죽는 걸 무시하는 것보다 그들을 구하는 게 맞았다.

몸을 돌린 창준이 아래층으로 내려가는 계단을 향해 달려가려고 할 때, 그걸 눈치챈 제니가 무시무시한 속도로 창준에게 달려들며 그의 뒤통수를 향해 날카로운 칼날을 찔러갔다.

창준은 제니의 칼날이 뒤통수에 닿기 직전에 고개도 돌리지 않고 옆으로 머리를 기울여 칼날을 피하곤 그녀의 손목을 잡았다.

"놀아줄 테니까 좀 기다려라."

나지막이 뇌까린 창준은 제니를 풍차처럼 크게 돌렸다.

바닥에 단단히 고정되어 있는 좌석에 부딪치며 제니가 돌았다.

쾅! 쾅! 쾅!

연속해서 충격을 받은 제니는 남은 팔 하나로 자신의

손목을 잡고 있는 창준의 손을 쳐내려고 했으나 그 시도마저 창준에게 잡혀 버렸다.

창준은 프로레슬링 기술인 자이언트 스윙을 하는 것처럼 제니를 돌리며 주변에 있던 좌석들을 모조리 박살 내고 나서야 멀리 던져 버렸다.

다시 한 번 바닥에 처박힌 제니였지만 여전히 별다른 피해를 입은 건 아닌지 벌떡 일어났다.

외형적으로 다친 곳도 없어 보였으나 세 번째 처박힌 것에 흥분했는지 두 눈이 벌겋게 달아올라 있었다.

한편 제니를 던져 버리고 아래층으로 달려 내려온 창준에게 먼저 보인 건 물밀 듯이 달려드는 수많은 사람들이었다.

그리고 그들의 뒤로 키메라 십여 마리가 난동을 부리며 뒤에서부터 사람들을 죽이고 있었다.

창준은 자신을 지나쳐 위층으로 달려가는 사람들을 막지 않았다.

그곳에 제니가 있기는 했지만, 그녀가 하는 행동을 보니 사람들을 직접 죽이며 달려들 것 같지는 않았기 때문이다.

그의 예상과 달리 제니가 사람을 죽인다면 그건 어쩔 수 없는 일이다. 두 가지 일을 한꺼번에 할 수는 없으니까.

탕탕탕!

괴물이 사람을 죽이고 있는 곳에서 총소리가 들려왔
다.

자신을 지나쳐 달려가는 사람들을 피해 총소리가 들린
곳으로 달려갔다.

사람들이 틈이 보이지 않을 정도로 몰려들기는 했으나
창준의 움직임에는 거침이 없었다.

겨우 사람들을 빠져나오니 위층에서 사람들을 인솔하
며 내려갔던 보안요원이 달려드는 키메라를 향해 총을
쏘는 게 보였다.

창준은 빠르게 주위를 살폈다.

'모두 열다섯 마리.'

열다섯 마리의 키메라 중 보안요원을 향해 달려드는
두 마리를 제외하고 나머지는 이미 죽은 사람을 뜯어 먹
거나 괜히 좌석을 뜯어내는 등 난동을 부리고 있었다.

창준은 보안요원을 향해 달려드는 키메라들을 향해 달
려 나갔다.

그러곤 키메라를 향해 두 번의 주먹을 날리자 키메라
의 머리가 산산이 조각나며 비산했다.

창준의 움직임에 키메라는 대응하지도 못했다. 키메라
의 인지 범위를 벗어난 움직임이었기 때문이다.

과거에는 키메라 한 마리를 처치하는 데 마법까지 동원해야 했지만, 이제 키메라 정도는 창준에게 아무런 위협도 될 수 없는 존재였다.

절박한 얼굴로 달려드는 키메라를 향해 권총을 쏘던 보안요원은 갑작스레 나타나 키메라의 머리를 날려 버린 창준을 보고 깜짝 놀랐다.

"그 여자는 처리한 겁니까?"

"아직이요. 비명이 들려서 달려왔을 뿐입니다. 승객이 많이 다쳤나요?"

창준의 물음에 보안요원의 얼굴이 어두워졌다.

"거의… 서른에 가까운 사람이 죽었습니다."

키메라가 되어버린 사람까지 합치면 오십에 가까운 숫자다. 그냥 넘어가기 어려운 참사라고 할 수 있었다.

이들이 얘기를 하는 동안 키메라가 하나둘 고개를 들더니 창준과 보안요원을 바라봤다. 마치 새로운 먹이를 찾은 듯한 눈이다.

"여긴 소란스러워질 것 같으니 올라가서 승객들이나 진정시키세요."

창준의 말에 보안요원은 대답도 하지 않고 서둘러 위층으로 가는 계단을 향해 달려갔다.

어차피 자신이 이곳에서 할 일이 없다는 걸 인지하고

있던 보안요원이다.

보안요원이 뒤로 달려가자 키메라들이 괴성을 지르며 창준을 향해 달려들기 시작했다.

불을 본 불나방처럼 달려드는 키메라를 향해 움직이려던 창준은 문득 떠오르는 게 있었다.

'잠깐, 아까 그 여자가 왜 아직까지 이곳에 나타나지 않지?'

그녀가 충격을 받지 않았다는 것도 알고 있고, 6서클이었을 때의 자신과 비슷한 움직임까지 보인다는 것도 알고 있다. 그런데도 아직까지 모습을 드러내지 않았다는 게 이상했다.

감각을 끌어올린 창준은 자신의 머리 위에 무언가 있다는 느낌을 받고 황급히 두어 걸음 물러섰다.

그러자 아무것도 없는 허공에서 칼날이 달린 두 손이 나타나 창준의 머리가 있던 부분을 헤집고 지나갔다.

창준이 피하자 제니가 모습을 드러냈다.

'허, 모습을 숨길 수도 있었나?'

능력이 여러 가지인지 아니면 응용력이 대단한 건지 모르지만, 확실히 라스베가스에서 만난 헨릭과 비교도 할 수 없는 능력을 갖고 있는 것 같았다.

키메라들은 바로 앞에 있는 제니는 신경도 쓰지 않고

지나치더니 창준을 향해 몰려왔다.

가볍게 선두에서 달려오는 키메라 두어 마리를 일격에 죽인 창준은 제니가 있던 곳을 바라봤다.

하지만 그 자리에는 아무것도 없었다. 잠시 창준의 눈이 키메라를 향한 사이, 다시 몸을 숨긴 모양이다.

'귀찮게…….'

아직 제니의 칼날을 몸으로 받아내지는 않았다. 어쩌면 훨씬 강화된 신체이기에 그녀의 칼날이 창준의 몸에 위협이 되지 않을지도 몰랐다.

하지만 그걸 직접 몸으로 받아내고 확인하고 싶은 생각은 없었다.

남아 있는 키메라들은 눈앞에서 다른 키메라가 거의 반항도 하지 못하고 죽은 걸 보면서도 창준에게 달려드는 것에 두려움을 느끼지 않았다. 본능만이 남은 키메라다웠다.

빨리 키메라를 정리하는 것으로 마음먹은 창준은 키메라를 향해 두 번 공격하지도 않았다.

창준의 공격을 받은 키메라들은 사실 두 번의 공격이 필요하지도 않았다. 간혹 팔로 창준의 주먹을 막는 놈들도 있었지만 주먹을 막은 키메라의 팔이 박살이 나버렸고, 그 뒤에 있는 몸통이나 머리를 부숴 버렸다.

비행기 내부, 특히 이코노미 좌석은 통로가 좁았다. 키메라들은 창준에게 맞으면 좌석들을 박살 내며 처박혔다.

잘못해서 좌석을 박살 내는 게 아니라 비행기를 부수며 밖으로 튀어 나갈까 봐 조심하고 있었다. 이 상황에서 비행기에 구멍이라도 생기면 창준이나 제니는 몰라도 승객들은 한꺼번에 몰살할지도 몰랐다.

십여 마리나 되던 키메라가 거의 정리가 될 무렵 마침내 창준의 뒤에서 나타난 제니가 칼날을 휘두르며 창준의 등을 공격해 왔다.

"실드."

콰차차창!

제니의 공격은 창준이 만든 실드에 부딪쳐 요란하게 소음을 만들어냈고 불꽃이 튀었다.

소리는 요란했으나 실드를 뚫지는 못했다. 7서클에 올라 마나의 농도가 달라진 창준이었고, 그가 만든 실드는 저 서클 마법이었으나 6서클의 창준이 만들었던 그레이트 실드와 거의 비등한 내구도를 갖고 있었기 때문이다.

바로 등을 돌려 팔을 뻗은 창준의 손에 제니의 목이 잡혔다.

"잡았다."

창준은 버둥거리는 제니를 들어 올려 여전히 본능적으로 자신에게 달려드는 마지막 두 마리 키메라를 향해 휘둘렀다.

쾅! 쾅!

창준의 손에 들린 제니는 무기나 다름없었다. 제니와 부딪친 키메라들이 어딘가 박살 나며 처박혀 버렸다.

키메라를 모두 처리한 창준은 제니를 땅에 처박고 남은 한 손을 들어 올려 주먹을 쥐었다.

"이제 한숨 푹 자고 있어라. 나중에 천천히 네가 알고 있는 모든 걸 들어… 어?"

갑자기 뒤에서 느껴지는 강렬한 마기에 창준은 말을 멈추고 뒤를 돌아봤다.

그곳에는 기장이 서 있었다. 그런데 멀쩡한 모습이 아니었다. 기괴하게도 자신의 심장에 손을 쑤셔 박은 모습이다.

"설마……."

창준이 생각하는 것이 맞다고 말하는 것처럼 기장의 몸에서는 막대한 마기가 뿜어져 나왔고, 점차 영국에서 본 괴물의 모습으로 변해가기 시작했다.

사람은 기본적으로 살고 싶어 한다. 그 욕구는 간혹 가

족이라고 하더라도 자신이 살기 위해서 상대방을 희생시
키는 모습으로 나타나기도 한다. 그런데 기장이 스스로
목숨을 던져가며 창준을 죽이려는 걸 보면 이상하다고
느낄 수밖에 없었다.

'설마 흑마법을 사용할 수 있도록 만들면 스스로 목숨
을 버리도록 강요할 수 있는 건가?'

이런 생각을 하고 있던 창준은 제니의 목을 잡고 있던
손바닥에서 느껴지는 따끔한 고통에 황급히 손을 풀었
다.

손바닥에는 살짝 생채기가 나 있었고, 창준이 잡고 있
던 제니의 목에서 날카로운 칼날이 튀어나와 있는 게 보
였다.

아무래도 손뿐만 아니라 원하는 신체 부위에 칼날을
만들 수 있는 것 같았다.

창준이 손을 놓자 재빨리 자리에서 일어선 제니는 창
준을 노려보며 몸 이곳저곳에서 칼날을 뽑아냈다.

제니의 신체 중 상대를 공격할 수 있는 곳 모두에서 날
카로운 칼날이 튀어나왔다고 생각하면 될 정도였다.

기장 역시 괴물로 변하던 것을 마치고 창준을 향해 이
글거리는 시선을 던지며 마기를 줄기줄기 뽑아내고 있었
다.

괴물과 제니의 사이에 포위된 창준의 얼굴은 별달리 변하지 않았다.

"이제 더 이상 깜짝쇼는 없겠지? 그러면 너희만 처리하면 큰 문제가 발생하지 않는다는 말이겠군."

태평하게 말하는 창준의 얼굴에는 이 상황을 서둘러 정리하고 싶은 표정밖에 없었다.

용언 마법으로 7서클 대마법사에 오른 창준이다. 그 말은 주강의 신체 능력에 세계 최고의 마법사인 페르낭보다 확장성이 뛰어난 마법을 단신으로 사용할 수 있다는 것과 같았다.

아무리 제니가 뛰어난 능력자이고 괴물이 초인적인 힘을 보여준다고 하더라도 그 벽은 명확했다.

제니 역시 창준과 몇 번의 충돌로 인해 자신이 창준의 상대가 되지 않는다는 걸 여실히 깨달았다.

아직 전력으로 창준과 싸우지는 않았으나 이 정도면 차이를 인식할 정도는 되었다.

자신보다 뛰어난 능력을 가진 창준을 죽이려는 목표를 달성하기 위해서는 변수가 필요했다.

제니의 시선이 비행기 내벽으로 향했다.

"이런!"

창준은 더 이상 지체하지 않고 제니에게 달려들려고

했다.

하지만 그 순간 그의 뒤에 있던 괴물이 창준에게 달려들며 손을 뻗었다. 그리고 괴물의 손에서 검은 창 몇 개가 튀어나와 창준에게 날아왔다.

당연히 괴물의 공격을 무시하고 제니를 막을 수 있었다. 하지만 제니를 막는다고 하더라도 괴물이 만든 검은 창이 비행기에 구멍을 낼 것이 분명했다.

창준은 황급히 괴물이 쏘아낸 검은 창을 받아냈다. 디스펠이 먹히지 않는 흑마법이었기에 마법을 해체하기보다 직접 받아내 무력화하려는 것이다.

검은 창을 무력화시키는 사이 창준의 앞으로 다가온 괴물이 주먹을 내려치고 있고, 창준은 한 손으로 괴물의 팔을 막은 후 제니를 바라봤다.

제니가 비행기 내벽을 향해 칼날을 내려치고 있었다.

퍼엉!

요란한 폭음이 들리며 비행기에 커다란 구멍이 생기고 말았다.

제니가 만든 구멍은 크지 않았으나 기압 차로 인하여 구멍 주변이 같이 터져 나간 것이다.

태풍보다 더 강한 바람이 몰아치고, 비행기 내부에 굴러다니던 좌석은 물론이고 승객들의 짐과 각종 잡다한 것들이 구멍을 통해 빠져나갔다. 그리고 동시에 좌석 위에서 산소마스크가 떨어져 내렸다. 내부 기압 차이를 감지하고 자동으로 실행된 것이다.

구멍을 만든 제니는 비행기 밖으로 튕겨나가지 않았다. 보아하니 발에서 튀어나온 칼날로 바닥을 뚫어 휘몰아치는 바람을 버티는 것 같았다.

창준은 잔뜩 일그러진 얼굴로 제니를 바라봤다. 설마 이런 과감한 짓을 할 거라고는 생각하지 못한 창준이다. 비행기가 부서지면 제니 역시 다치거나 죽을 것이기에 그런 무모한 짓은 하지 않을 거라 생각한 것이다.

거기다가 추락하는 비행기에서 살아남는다고 하더라도 이곳은 태평양 한가운데였다.

그녀라 하더라도 이런 망망대해에서 얼마나 버틸 수 있겠는가.

승객들은 위층에 있었기에 그나마 밖으로 빨려나가는 사태는 일어나지 않았지만 이대로 가만히 있으면 비행기의 구멍은 더 커질 것이 뻔했다.

그리고 종국에는 차가운 태평양 한가운데로 추락하게 될 것이다.

그런 결과를 막으려면 최대한 빨리 움직여야 했다.

'내 잘못이다. 처음부터 전력으로 상대를 했어야 하

는데…….'

자책하던 창준의 눈에서 살기가 흘러나오기 시작했다. 더 이상 피해를 키울 수 없었다.

창준이 배운 몽크의 전투술은 중국의 무인이 배우는 무술과 궤를 같이한다.

그렇기에 태풍과 같은 바람이 몰아치는 이런 상황에서도 바닥에 접착제로 붙인 것처럼 균형을 유지할 수 있었다.

그에 비하여 괴물은 신체적인 능력치는 대단히 높았으나 이런 기교가 없었다.

그렇기에 비행기 구멍 밖으로 끌려 나가지 않으려고 안간힘을 쓰고 있었다.

버티는 것도 겨우 하고 있는 괴물이었기에 창준이 그의 복부를 향해 손을 천천히 내밀고 있는 걸 보고 있으면서도 막을 수 없었다.

괴물의 복부에 창준의 손이 닿자 그의 손바닥에서 마나가 움직이더니 괴물의 복부에서 폭음이 터져 나왔다.

퍼엉!

별다른 움직임도 없이 단지 손바닥이 닿았을 뿐인데도 괴물의 복부에는 사람 머리만 한 구멍이 뚫렸다.

빨려 나가지 않기 위해서 겨우 버티고 있던 괴물에게

이런 충격과 상처, 고통은 다리를 풀리게 하기에 충분했다.

크아아아아!

괴성을 지르며 괴물은 구멍을 향해 날려갔다.

그나마 바로 빨려나가지 않고 구멍을 붙잡고 다시 안으로 들어오기 위해서 괴성을 지르고 안간힘을 쓰고 있지만, 벌벌 떨리는 근육을 보니 안으로 들어오는 것은 요원해 보였다.

창준은 마지막으로 남은 제니를 바라봤다. 겉으로는 아무렇지 않은 듯 보이지만 눈이 마주친 제니에게서 긴장감이 느껴졌다.

제니가 받은 정보로는 창준이 마법사로 되어 있었다. 그것도 최대한 5서클 마법사로.

영국에서 마법사가 존재하고 있다는 기사를 받기 전부터 마법사가 있다는 걸 알고 있었고, 의뢰를 통해서 마법사 몇 명을 죽인 경험도 있었다. 물론 그중에는 5서클 마법사도 있었다.

그렇기에 더욱 확신하고 있었다.

창준이라는 이 사람은 절대로 5서클 마법사가 아니고 이미 자신이 어떻게 할 수 있는 수준을 벗어났다는 것을.

그랬기에 비행기에 손상을 입히는 극단적인 수를 쓴

것이다. 정면 대결로는 절대 승산이 없다고 판단했기에 기압 차로 인한 변수에 창준이 흔들리기를 바라면서 말이다.

마법사로 알고 있는 창준이었으니 갑작스럽게 폭풍과 같은 바람에 휩쓸려도 좋았고 구멍 밖으로 빨려나가려고 해도 좋았다. 단 한 순간의 틈만 있으면 창준의 급소에 칼날을 박아 넣을 생각이었으니까.

하지만 그녀의 계획은 완전히 무산되었다.

무슨 수를 쓰고 있는지 바닥에 칼날을 박고 서 있는 자신보다도 안정적인 모습을 보이고 있었다.

처음에는 약간 당황한 것 같았으나 공격할 틈은 없었다. 지금은 그나마 당황하던 모습도 사라지고 너무나 안정적이다.

창준을 흔들기 위한 변수를 만들기 위해 비행기에 구멍을 만들었는데, 정작 창준은 거의 영향을 받지 않고 오히려 자신이 더 불리해졌다.

바닥에 칼날을 박아 균형을 잡고는 있으나 폭풍과 같은 바람 때문에 빠른 움직임을 보일 수 없는 지경이 되었다.

그렇다고 완전히 낙담하여 포기한 것은 아니다.

'한 번만 기회를 내줘라, 한 번만.'

단 한 번의 기회면 충분했다. 그러면 창준의 목에 칼날을 박아 넣을 수 있을 것 같았다. 그녀에게는 아직 비장의 수가 남아 있었으니까.

창준이 움직였다. 그의 움직임은 기압과 바람의 영향을 전혀 받지 않는 것처럼 자연스러웠다.

빠른 움직임으로 창준이 다가오자 제니가 먼저 발작적으로 창준을 향해 뛰어들었다.

그녀의 몸에는 날카로운 칼날이 잔뜩 튀어나와 있었기에 그녀가 이렇게 뛰어드는 것만으로도 충분히 위협적이라 할 수 있었다.

창준은 당황하지 않고 두 손을 내밀어 제니의 어깨를 잡아 눌렀다. 창준의 힘은 제니가 버틸 수 있는 수준이 아니었기에 그대로 바닥에 넙죽 쓰러지고 말았다.

하지만 강제로 엎어진 제니의 눈이 번쩍였다. 그녀가 바라던 기회가 왔다는 걸 깨달았기 때문이다.

만약 창준이 제니를 죽이려는 생각이었다면 이런 기회는 오지 않았을 것이다.

그리고 그녀가 바란 것처럼 아무런 대비도 하지 못하고 근접 거리를 내준 창준이었다.

제니는 지체하지 않고 숨겨두었던 수를 썼다. 그러자 그녀의 몸에서 튀어나온 칼날들이 사방으로 폭사되어 나갔다.

'성공이다!'

제니는 자신의 마지막 수가 반드시 통했을 거라고 확신했다.

칼날에 실린 힘은 그녀가 직접 칼날을 사용할 때보다 두 배 이상은 강력하고 빨랐다.

아무리 창준이라고 하더라도 이렇게 근거리에서 폭사되는 칼날은 피할 수 없을 거라 생각한 것이다.

실제로 창준 역시 엄청나게 놀랐다. 기껏해야 그녀를 누르고 있던 어깨에서 칼날이 튀어나올 거라고 생각하고 그것을 대비해 손에 포인트 실드까지 펼쳐둔 상황이었다.

그런데 마지막 일격으로 의식을 앗아가려던 창준에게 수많은 칼날이 날아들었으니 놀라지 않을 수 없었다.

더욱 큰 문제는 칼날이 창준만을 노리는 게 아니라 사방으로 터져 나가듯 쏟아지고 있다는 사실이었다.

창준마저 놀라게 할 정도의 칼날이라면 비행기에 추가적인 손상을 입힐 수 있었고, 단순히 구멍이 난 수준이 아니라 그들이 싸우던 비행기 후미 부분이 통째로 떨어져 나갈 수 있었다.

정말 짧은 시간, 창준은 빠르게 판단을 내렸다. 아니,

당장 생각나는 게 이것밖에 없었다.

촌각의 시간이 지나는 지금도 칼날이 창준과 비행기를 향해 날아가고 있었으니까.

"에어 웨이브!"

3서클 마법인 에어 웨이브는 전방을 향해 바람이 파도처럼 밀려가는 마법이다.

아스란의 세계에서는 기사가 마법사에게 지척까지 다가왔을 때 사용하는 마법이었다.

단지 3서클 마법이었으나 창준을 향해 날아오던 제니가 날린 칼날은 바람으로 만들어진 파도를 뚫지 못하고 바람에 밀려 날려가 버렸다.

그것만이 아니라 바닥에 엎드려 있던 제니는 물론이고 비행기 내벽을 향해 날아가던 칼날들까지 사방으로 날려갔다.

칼날이 비행기 내벽에 박히기도 전에 강력한 바람으로 만들어진 파도는 이미 뚫려 있던 구멍을 기점으로 하여 비행기를 두 동강으로 만들어 버렸다.

크아아아아!

겨우겨우 버티던 괴물은 어디론가 날려가 버렸고, 제니는 자리에서 벌떡 일어나 커다랗게 변한 눈으로 창준을 바라봤다.

설마 비행기를 일부러 두 동강으로 만들 줄은 그녀도 예상하지 못했다.

"꺄아아악!"

"사, 살려줘! 으아악!"

비행기는 완만한 곡선을 만들며 추락하기 시작했고, 위층에 있던 승객들은 태풍처럼 밀려드는 바람에 휘말려 비행기 밖으로 튕겨나가고 있었다.

창준은 지체하지 않고 생각한 대로 마법을 사용했다.

"실드!"

창준의 마법은 잘린 비행기 단면을 막았다. 비행기 밖으로 튕겨나가던 승객들은 창준이 발현한 실드 마법에 막혀 간신히 살아남을 수 있었다.

창준이 승객들을 구하는 동안 떨어져 나간 꼬리 부분에 있던 제니는 다급하게 창준과 승객들이 있는 비행기 쪽으로 몸을 날렸다.

'보낼 수 없어!'

이대로 추락한다고 하더라도 자신의 능력이라면 죽지 않을 자신이 있었다.

하지만 임무를 실패하고 돌아간다면 그녀는 살아남지 못할 것이다. 임무를 실패한 사람을 그가 살려둘 리 없었다.

비행기 동체 부분을 향해 몸을 날린 제니의 눈에 자신

을 향해 손을 펴고 있는 창준이 보였다.

싸늘하게 자신을 노려보던 창준이 그녀에게는 들리지 않을 정도로 말했다.

"익스플로전."

콰콰콰쾅!

제니를 중심으로 어마어마한 폭발이 일어났다. 7서클 마법사가 펼친 익스플로전 마법은 영국에서 창준이 6서클일 때 사용하던 것과 차원이 다른 폭발을 보여줬다.

아무리 제니가 자신의 몸을 금속으로 바꿀 수 있다고 하더라도 절대 살아남지 못할 엄청난 폭발이었다.

창준은 제니가 살아남았는지 확인하지도 않았다. 그녀를 신경 쓰는 것보다 비행기 승객을 구하는 것이 더 중요하기도 했고, 제니가 6서클 마법을 정통으로 맞고도 살아남을 가능성은 제로라고 생각했기 때문이다.

꼬리날개가 있는 후미 부분이 완전히 날려가 버린 비행기는 밤바다를 향해 내리꽂히고 있었다.

지면이 아닌 바다라고 하더라도 이 정도 높이에서 내리꽂히면 지면에 꽂힌 것과 비등한 충격을 받을 것이다. 그런 충격을 온몸으로 받고도 살아남을 사람은 창준을 제외하고 아무도 없었다.

'막아야 해!'

이제 더 이상 비행기에 타고 있던 사람이 죽는 걸 보고 싶지 않았다.

지금까지 비행기에서 죽은 사람 모두 창준 때문에 죽은 거라고 할 수 있었다.

그가 직접 누군가를 죽인 것은 아니다. 하지만 창준을 죽이기 위해 이런 일이 벌어졌고, 승객들이 죽은 건 그 과정에 일어난 피해였다.

아무리 창준이 개인적이고 이성적인 성격으로 변하고 있다 하더라도 자책감이 드는 걸 피할 수 없었다.

해면을 향해 빠르게 떨어지던 비행기의 날개 한쪽이 떨어지며 걸리는 압력을 버티지 못하고 부러져 나갔다.

그러자 떨어지는 비행기가 한쪽으로 회전하기 시작했다.

"아악!"

"추락한다!"

"우웩!"

비명을 지르는 사람부터 패닉에 빠진 사람, 심지어 토하는 사람까지 기내는 난리가 아니었다.

창준은 그런 승객들을 무시하고 실드를 유지하며 해면을 향해 손을 뻗고 소리쳤다.

"리버스 그래비티!"

7서클 마법 리버스 그래비티가 펼쳐지자 창준의 체내에 있던 막대한 마나가 빠져나갔다.

마법이 펼쳐진 해면에서는 물고기들이 영문도 모른 채 하늘로 끌려 올라오며 퍼덕거렸고 바닷물마저도 용오름이 일어나는 것처럼 올라왔다.

그그그그긍!

리버스 그래비티의 영향을 받은 비행기가 쇠가 비틀리는 소리를 내기 시작했다.

엄청난 중량을 가진 비행기가 무시무시한 속도로 떨어지는 상황에서 비행기를 들어 올리려는 힘을 받으니 기체가 버티지 못하고 비명을 지르는 것이었다.

'버텨라, 제발.'

창준은 이를 악물고 마나를 쏟아부었다. 비행기는 두 가지 힘을 받으며 비명을 지르면서도 부서지지 않고 버티고 있었다.

추락하는 비행기가 신형이었기에 기체는 탄소 복합 소재로 되어 있었다. 탄소 복합 소재는 철보다 열 배는 강하고 탄성도 높았다.

아마도 구형 비행기였으면 리버스 그래비티의 힘을 받는 동시에 산산이 부서졌을지도 모른다.

해면으로 떨어지던 비행기의 속도가 점점 줄어들기 시

작했다.

이제 슬슬 리버스 그래비티의 힘이 떨어지는 비행기의 힘을 넘어서고 있는 것이다.

점점 떨어지는 속도가 줄어든 비행기는 해면에서 겨우 몇 미터 거리를 남겨두고 멈췄다.

창준은 마법을 섬세히 조작하여 비행기가 해면에 살포시 내려앉도록 만들고 나서야 크게 한숨을 내쉴 수 있었다.

비행기가 물에 뜰 상태는 아니었지만, 그렇게 빠르게 가라앉을 것 같지도 않았다.

'하아, 다행히 멈췄네.'

꼼짝없이 죽었다고 생각한 승객들은 목숨을 구했다는 것에 환호성을 지르며 기쁨을 만끽하고 있었다.

스튜어디스들은 서둘러 입구에 있는 비상 슬라이드를 펼쳤다.

비록 이곳이 지상은 아니지만, 비상 슬라이드는 지금과 같이 물 위에서 구명보트의 역할도 수행하기에 가장 먼저 해야 할 일이었다.

살아남았다는 기쁨에 환호성을 지르던 승객들은 스튜어디스의 지시에 따라 한 사람씩 구명보트 역할을 하고 있는 비상 슬라이드에 올라탔다.

꽤나 지친 표정으로 빈 좌석 하나에 앉아 승객들이 비상 슬라이드에 오르는 걸 지켜보던 창준에게 보안요원이 다가왔다.

보안요원은 창준의 옆자리에 앉아서는 품에서 담배 하나를 꺼내 입에 물었다.

"추락하는 비행기를 막은 게 당신이오?"

"그렇소."

딱히 부정할 생각도 없었다. 세상에 추락하던 물체가 아무런 이유도 없이 공중에서 멈출 리도 없었고, 창준을 제외하고 그런 능력을 보일 사람도 이곳에는 없었다.

"당신은 그 마법사라는 사람이오?"

"그것도 맞습니다."

"하아, 그럼 대체 그것들은 뭡니까? 그 괴물들도 그렇고 총알을 튕겨내는 금속으로 된 여자도 그렇고 말이오."

"……."

창준은 대답하지 않았다. 보안요원은 굳이 몰라도 되는 얘기였다.

제니에 대해서는 아무것도 모르지만 편하게 생각하기로 했다.

능력자였고 창준이 이 비행기를 타고 이동한다는 걸 미리 알고 있는 걸 봐서는 아마도 CIA에 숨어 있는 흑마법사가 보낸 암살자일 거라고 생각했다.

아니라고 해도 상관은 없었다. 아마도 CDC에서부터 흑마법사의 꼬리를 밟아 가면 분명 암살자를 보낸 놈을 찾을 수 있을 테니까.

"괴물과 그 여자가 노린 사람이……."

말을 하려던 보안요원은 이내 말을 멈췄다. 굳이 확인할 필요도 없었다.

그들이 비행기가 추락하는 와중에도 창준만 노린 것을 보면 답은 이미 나와 있었다.

담배를 모두 피운 보안요원은 착잡한 표정으로 일어나 스튜어디스가 통제하는 곳으로 걸어갔다.

홀로 남은 창준은 씁쓸한 표정으로 있다가 살아남은 사람들을 보며 주먹을 불끈 쥐었다.

'이제 대놓고 싸우자는 말인데… 그놈들이 만들어놓은 판에 내가 기어들어 갈 필요는 없겠지.'

원래는 국정원과 CIA에서 요청한 스케줄을 따라 움직이려고 했지만, 이렇게 테러에 가깝도록 과감한 수를 쓴다면 모습을 드러내고 움직이는 것이 더 큰 문제를 일으킬 것 같았다.

다시는 지금 일어난 일처럼 무고한 사람이 자신을 죽이려는 흑마법사의 흉계에 목숨을 잃는 걸 보고 싶지 않왔다.

마음을 정한 창준은 마법을 사용해 모습을 감췄다.

지금 당장 이곳을 떠나려는 건 아니다. 최소한 구조대가 올 때까지는 지켜보려고 했다. 그리고 구조대가 도착하면 조용히 미국으로 들어갈 생각이다.

이제부터는 세상에서 사라질 시간이었다.

창준이 모습을 감추고 잠시 후, 스튜어디스에게 갔던 보안요원이 다시 돌아왔다.

"이제 우리도 슬슬 비행기에서 내려야… 어?"

사라진 창준을 찾아 고개를 획획 돌려가며 창준을 찾아본 보안요원은 허탈한 한숨을 내쉬었다.

아무래도 창준이 마법을 사용해서 이곳을 벗어났다고 생각하는 모양이다.

보안요원은 머리를 긁적이고는 다시 스튜어디스에게로 돌아갔다.

자신의 바로 옆에 모습과 기척을 숨긴 창준이 있다는 건 까맣게 모르는 채로 말이다.

CHAPTER
07

반가운 재회

ALCHEMIST

연패하던 레드삭스가 승리를 거둔 날이었기에 해리 부국장의 기분은 무척 좋았다.

이대로 잠에 들었으면 근래 들어서 가장 좋은 날이었다고 기억할 정도였다. 무려 6점 차 경기를 따라잡아 연장전에서 홈런으로 역전에 성공한 보기 드문 명승부였기 때문이다.

그런데 이렇게 좋은 기분은 한 가지 소식을 듣고 빠르게 냉각되었다.

"알겠네."

전화를 내려놓은 해리 부국장은 한동안 심각한 표정을 짓고 있었다. 그리고 이내 그의 입가에 묘한 미소가 떠올랐다.

'모두를 속이고 있던 건가? 아니, 우리가 착각한 거리고 하는 게 맞겠군.'

미국으로 날아오는 창준에게 암살자를 보낸 건 당연히 해리 부국장의 작품이었다.

암살자를 보낸 건 미국으로 오면 이런 위험이 있다고 말해주려는 의도는 전혀 아니었다.

해리 부국장은 그렇게 간을 보는 행위를 즐기는 유형이 아니었다. 아니, 애초에 CIA에서는 타깃을 정확히 분석하고 작전을 진행했다.

창준에게 암살자를 보낸 것도 기존 정보와 나름대로 창준을 분석한 것에 의해 5서클 마법사가 절대로 살아남을 수 없는 상황을 만든 작전이었다.

하지만 결과는 전혀 다르게 나왔다.

실제 6서클 마법사까지 암살에 성공한 능력을 가진 암살자와 급속 중독에 의해 만들어진 키메라들, 거기에 보험으로 복종의 씨앗을 복용한 흑마법사까지 보냈는데 실패했다.

계산대로라면 암살자만으로도 창준을 죽일 수 있어야

했다.

이로써 한 가지 사실을 분명하게 알 수 있었다.

'창준이라는 놈이 5서클 마법사가 아니라 6서클 마법사라는 사실이지.'

암살자가 6서클 마법사까지 처치한 경험이 있다고 하지만, 그건 상당히 운이 좋은 케이스였다.

원래대로라면 암살자가 죽을 수 있는 상황에서 몇 가지 우연이 겹치기도 했고, 세계 최고로 이쪽 바닥에서 명성이 높은 제니가 작전을 잘 짰기 때문이었다.

그렇기에 창준이 6서클이었다면 그가 준비한 이번 작전이 실패할 수 있다고 생각했다.

창준이 7서클일지 모른다는 가정은 아예 하지도 않았다.

7서클에 오른다는 것이 얼마나 힘든지 알고 있었고, 6서클에 올랐다는 것도 쉽게 예측할 수 없을 정도로 창준의 실력을 높게 봐준 것이었으니까.

암살에 실패한 것은 안타까운 일이다. 하지만 지금이라도 창준의 능력을 알게 되었으니 다행이라고 할 수 있었다.

얻은 건 이것만이 아니다.

방금 전 받은 연락에서는 암살 실패에 대한 내용만이

아니라 생존자에 대한 얘기도 있었다.

날아다니는 항공기에서 목격자를 모두 죽일 생각으로 비행기 폭파까지 염두에 둔 작전이었다.

그렇기에 암살에 실패했다고 하지만 생존자의 숫자는 손으로 꼽을 만큼 적어야 했다. 아니면 모두 죽는다든지.

하지만 보고 내용에 따르면 약 50여 명의 사망자를 제외한 나머지 수백 명이 살아남았다고 한다. 이건 아무리 암살에 실패했다고 하더라도 절대로 납득할 수 있는 숫자가 아니었다.

그렇다면 이들이 살아남을 수 있는 이유는 단 하나였다.

'그놈이 승객을 살렸다는 말이겠지.'

창준은 마법사다. 엄청난 부상을 입지 않았다면 어떤 형식으로든 살아남을 수 있었다. 그리고 혼자 살아남는 것이 더욱 수월한 것도 사실이다.

그런데도 승객을 살렸다는 말은 그가 생각보다 눈앞에서 사람이 죽어가는 걸 지켜볼 정도로 냉혹하지 않다는 말이 된다.

'그리고 그건 우리가 이용할 수 있는 요소 중 하나가 되겠지?'

해리 부국장은 피식 웃었다.

암살에는 실패했어도 좋은 정보를 많이 얻었다. 이제 이걸 기반으로 다시 함정을 판다면 다음번에는 분명히 창준을 죽일 수 있을 것이다.

'처음부터 나처럼 직접 움직일 생각을 했어야지. 그랬다면 죽지는 않았을 것 아니냐.'

이미 죽은 제프리를 떠올린 해리 부국장의 생각이다.

해리 부국장은 제프리가 너무 머리를 썼기에 실패했다고 생각했다.

일을 그렇게 크게 벌이지 않았다면 제프리를 상대할 수 있는 페르낭도 영국으로 오지 않았을 테니까 말이다.

하지만 해리 부국장은 자신조차 아직 창준에 대해서 잘못 생각하고 있다는 걸 몰랐다. 그리고 지금 그가 생각한 것처럼 부차적인 피해를 꺼린 창준이 스스로 모습을 감췄다는 것도.

*　　　　*　　　　*

여의도에 있는 알케미 본사는 요즘 전쟁터와 다를 것이 없었다.

클린-1이 한국에서 판매하기 위한 절차에 들어가서 바쁜 것도 있었지만, 이런 상황이 만들어진 가장 결정적인 원인을 제공한 건 당연하게도 포션이었다.

현재 여의도 본사에 있는 알케미는 클린-1과 같은 전자제품 생산 회사이다.

그렇기에 새로이 알케미의 이름으로 제약 회사를 만들려고 했다.

하지만 회사를 며칠 만에 뚝딱 만들 수 있는 건 절대로 아니다.

능력이 있는 인력도 필요하고 사람들이 일할 건물도 필요로 하는 등 무수히 많은 일이 있다.

원래라면 포션을 공개하기 전에 건물을 구입하든지 새로 만들고, 법인을 세우고, 인력을 채용하는 등의 과정이 먼저 진행되고 있어야 했다.

그런데 그들의 의도와 다르게 대중에 공개되는 바람에 모든 일이 꼬인 것이다.

그렇다고 여의도 본사에 있는 알케미에서 포션에 관련된 업무를 진행할 수는 없었다. 애초에 이곳에는 제약에 관련하여 티끌만큼의 지식도 가진 사람이 없었으니까 말이다.

그러니 클린-1에 대한 일과 차기작인 클린-2에 대한 일에 대해서만도 바쁜 판국에 갑작스레 제약회사의 일까지 일부 떠맡은 알케미는 완전히 패닉에 빠진 것과 같았다.

케이트는 실질적으로 알케미를 운영하는 사람이었기에 이런 문제를 모두 알고 있었고, 빠르게 처리하고 있었다.

먼저 새로 만들어질 제약회사에는 사장으로 올리비아를 선임할 생각이다.

그리고 본사를 원래는 영국에 만들려고 했는데 무산되어 한국, 그것도 서울에 만들 생각이었다.

이건 케이트의 의지가 아니라 올리비아가 막무가내 식으로 밀어붙인 일이다.

한국에서 업무를 볼 수 없으면 사장 자리도 거부하겠다고 한 올리비아였다.

올리비아에게는 굳이 제약회사의 사장 자리를 받아들일 이유가 없었다.

이걸 받아들인 이유는 창준의 옆에 있고 싶었기 때문인데, 영국에 회사를 만들면 그녀가 왜 제약회사의 사장을 맡겠는가?

아무튼 제약회사를 만드는 일로 전쟁터와 같은 알케미의 본사에서 케이트는 엄청난 집중력으로 일을 처리하고 있었다.

한창 서류를 보며 바쁘게 일을 처리하던 케이트는 책

상 위에 올려뒀던 휴대폰에서 알람이 울리자 하던 일을 멈추고 휴대폰을 집어 들었다.

평소라면 일을 하는 중에 휴대폰을 확인하지 않았다. 그러나 창준이 미국으로 출발한 다음에는 속보 뉴스가 나오면 알람이 울리도록 연동시켜 놓은 상태였다.

휴대폰을 확인하던 케이트의 눈이 커다랗게 변하며 입술이 부들부들 떨렸다.

—속보: 애틀랜타로 향하던 비행기 추락.

덜덜 떨리는 손으로 해당 기사를 클릭하니 짧은 기사가 나타났다.

속보였기에 자세한 내용은 없었지만 인천에서 출발한 비행기였고, 항공사 이름, 비행기 기번 등은 기사에 적혀 있었다.

창준이 타고 있는 비행기였다.

케이트는 떨리는 손으로 다른 뉴스를 뒤져보았다. 하지만 뉴스는 거의 비슷비슷했고 더 자세한 내용은 나오지 않고 있는 상황이었다.

모두 하나같이 원인 모를 문제로 인하여 태평양에 추락했다는 기사뿐이었다.

창백하게 질려가던 케이트는 문득 생각이 났는지 서둘러 자신의 목걸이를 꺼내 확인했다.

'파… 란색……'

그걸 확인하고 나서야 경직되었던 몸이 풀리고 하얗게 질린 얼굴이 원상태로 차츰 돌아왔다.

파란색이라면 창준이 살아 있다는 증거이기 때문이다.

이번 미국행이 힘든 일이 많을 거라고 창준이 말했다. 그렇지만 설마 미국에 도착하기도 전에 비행기가 추락하는 일까지 벌어질 줄은 전혀 예상도 못 했다.

어쩌면 창준은 이런 것을 예상했을 수도 있었다. 그러니 지금처럼 걱정하지 말라고 목걸이를 주고 간 것은 아닌가 하는 생각이 들었다.

"후우……."

크게 심호흡을 하며 아직도 거세게 두근거리는 심장을 진정시키려 했다.

그나마 다행이라면 창준의 가족에게는 이번 미국행을 말하지 않았다. 오히려 유럽으로 출장 간다고 말해놓았다.

처음에는 영국에서 그런 난리를 겪고 또 무슨 유럽이냐며 난리를 피우던 가족들이었으나 결국 사업 때문에 어쩔 수 없다는 창준의 설명에 수긍했다.

아마 미국행이라는 걸 알려줬다면 지금 속보가 나옴과 동시에 가족들에게서 전화가 빗발쳤을 거였다.

'부디… 조심하세요.'

케이트는 눈을 감고 간절히 기도했다. 창준이 무사히 자신의 품으로 다시 돌아오기를.

지금 그녀가 할 수 있는 건 이것이 전부였다.

*　　　*　　　*

"그쪽 주가가 떨어진 건 걱정할 필요가 없네. 시장에 대한 평가가 너무 박하게 나와서 영향을 받았을 뿐이야. 그대로 놔두면 자연스럽게 올라갈 테니 그쪽 주가는 신경 쓰지 않아도 되네. 그것보다 알케미에 대해 집중했으면 좋겠군. 상장은 언제 하는지, 제품 판매는 언제부터 시작되는지 등 모든 정보를 수집하게."

자동차 뒷좌석에 앉은 패트릭은 날카로운 분석에 따라 지시를 끝낸 다음에야 휴대폰을 끊었다.

지금 시간이 거의 밤 12시에 가까워지는데도 그는 여전히 바빠 보였다.

패트릭이 운영하는 투자회사는 단순히 월가에서만 활

동하는 게 아니라 전 세계를 아우르는 활동 영역을 가지고 있었다.

그렇기에 패트릭이 있는 로스앤젤레스는 지금 자정에 가까운 시간이지만, 다른 나라에서는 한창 일할 시간이기에 이런 시간에 통화하는 건 그리 드문 일이 아니었다.

휴대폰을 내려놓은 패트릭은 잠시 생각에 잠겼다.

'시장이 요동치는군. 백색가전은 알케미의 등장으로 급락을 거듭하고 있고, 제약 부분도 포션 때문에 심상치 않은 반응을 보이고 있어. 포션이 실제 판매되면 제약 부분도 급락할 가능성이 높겠군. 어쩌면 포션과 영역이 겹치는 거의 모든 회사들의 주가가 떨어질지 모르지.'

패트릭은 시장 상황을 다시금 새기며 눈을 감았다.

원래 패트릭이 투자한 시장에는 당연하게도 백색가전과 제약도 포함되어 있었다.

그런데 창준의 옆에 있는 케이트에게서 창준이 이번에 무언가를 만들려고 한다는 정보를 받고 그쪽에서는 모두 철수했다.

처음에는 안정적인 시장에서 철수한다고 사람들이 의혹 어린 시선을 보냈다.

하지만 지금은 역시 패트릭의 투자 능력은 타의 추종을 불허한다는 평가를 받으며 다시금 사람들의 머릿속에 패트릭의 이름을 각인시키는 계기가 되었다.

패트릭은 창준이 얼마나 특수한 능력을 가진 사람인지 잘 알고 있어서 그가 만드는 것이 무엇이든 시장에 영향을 줄 것이라 생각한 것뿐이다.

'아무튼 중요한 건 알스가 만든 알케미가 언제 상장을 하느냐 하는 것인데… 오랜만에 케이트에게 연락해 볼까?'

현재 전 세계에서 가장 뜨거운 감자로 떠오른 회사가 바로 알케미였다.

그들이 갖고 있는 기술력은 다른 회사와 너무나 격차가 커서 상장을 하면 어떻게든 주식을 얻고 싶어 하는 사람들이 많았다.

아마 주식을 하는 거의 모든 사람이 원하는 주식이라고 하면 정확한 설명일 것이다.

창준과 돈독한 관계를 유지하고 있었고, 그의 옆에 케이트까지 있으니 상장하기 전이라도 주식을 구입할 가능성은 있었다.

실제로 창준이 미국에서 곤란한 상황이었을 때 그의 가족을 자신이 보살펴 주기도 하지 않았는가.

패트릭은 흐뭇한 웃음을 지으며 좌석에 더 깊숙이 몸을 기댔다.

엘릭서를 통해서 병을 고친 패트릭은 언제 아팠냐는 듯이 바로 회사의 전면에 나섰다. 그리고 마치 젊을 때처럼 열정적으로 공격적인 투자를 감행하며 그의 능력을 다시금 세상 사람들에게 알리고 있었다.

세간에서는 패트릭이 죽기 전 마지막 불꽃을 태우는 거라는 말도 있었지만, 실제로는 얼마 전 시행한 건강검진에서는 아무런 병이 없었고, 노년의 패트릭이었는데도 신체 나이는 중년에 가깝다는 좋은 얘기를 듣기도 했다.

새로 얻게 된 삶이 너무나 소중하고 즐거워 하루하루를 날아가는 기분으로 살아가는 패트릭이었다.

베버리힐즈에 있는 자택에 도착하자 집으로 들어간 패트릭을 기다리고 있는 사람이 있었다.

"아버지!"

패트릭의 아들인 사이먼 맥데이드였다.

뭐가 그렇게 불만족스러운지 씩씩거리며 나온 사이먼을 본 패트릭은 한숨부터 흘러나왔다.

사이먼은 패트릭을 힘들게 만드는 사람들 중 하나였다.

어릴 때는 영특하고 뛰어난 능력을 보여주던 사이먼이었는데 성인이 되어가며 마약에 손을 댔고, 온갖 가십거리를 만들며 패트릭을 힘들게 만들었다.

그나마 이제는 마약을 끊기는 했지만, 40살이 넘은 나이에도 가정을 꾸리지 못하고 여러 추문에 휩싸이는 모습은 여전히 보이고 있었다.

그래도 사이먼이 자신도 투자를 해보겠다고 나섰을 때는 아들이기도 하고 제법 영특하던 모습을 떠올려 많은 돈을 줬다.

하지만 패트릭에게서 투자에 대한 재능은 물려받지 못했는지 패트릭에게 받은 돈을 모두 탕진하기 일쑤였다.

그러고도 지속적으로 패트릭에게 돈을 받아 가고 있었다.

오늘도 술을 한잔했는지 얼굴이 벌겋게 달아올라 있는 사이먼을 보는 패트릭의 마음은 착잡했다.

'아무리 내 아들이지만… 이런 녀석을 케이트에게 소개하려고 했다니…….'

케이트는 패트릭에게 거의 딸과 같은 존재였다.

그렇기에 실제로 딸처럼 삼기 위해 사이먼과의 만남을 추진하려고 한 적이 있었다.

결국은 사이먼이 케이트와 데이트를 하려고 한 날, 헐리우드 여배우와 만난다고 바람맞히고 말았지만 말이다.

케이트는 지금 창준과 잘 만나고 있다는 걸 알고 있다.

그리고 케이트가 정말 창준을 사랑한다는 걸 느꼈기에 아주 흡족했고 앞으로도 두 사람이 아름답게 살아가기를 빌었다.

패트릭은 탐탁지 않은 얼굴로 사이먼에게 대답했다.

"무슨 일로 이곳에 온 것이냐?"

"아버지도 이거 알고 계셨어요?"

"이거라니? 무얼 말하는 건지 자세히 좀 말해다오."

"알케미요, 알케미! 제가 투자한 백색가전 주식이 대폭락이라고요!"

흥분해서 소리치는 사이먼의 말에 패트릭은 깊은 한숨을 내쉬었다.

"내가 백색가전 주식은 갖고 있는 것도 모두 파는 것이 좋을 거라고 말해주지 않았더냐? 대체 백색가전 주식을 왜 산 거냐?"

"아… 니… 뭐…원래 위험이 크면 그만큼 이득도 크다는 말이 있잖아요. 그래서……."

사이먼은 주뼛거리며 대답했다. 그걸 본 패트릭은 자신도 모르게 주먹에 힘이 불끈 들어갔다.

하이리스크, 하이리턴이 틀린 말은 아니다.

하지만 백색가전은 리스트만 있지 리턴되는 것이 없는 시장이었다. 한마디로 사이먼의 말은 들을 가치도 없는 소리였다.

아무리 미워도 자식이기에 마음을 진정시키며 물었다.

"빨리 처분하는 게 좋겠는데, 어디 주식이냐?"

"일본 백색가전 주식이에요."

앞이 깜깜해졌다.

백색가전 시장에서 일본이 차지하는 위상은 과거와 달라졌다. 이미 주요 시장은 한국에 빼앗겼고, 가격 경쟁에서 중국에 밀려 일본 백색가전 시장은 앞으로 험로만이 예상된다는 평가였다.

그런데 그런 일본 백색가전에 투자하다니 어처구니가 없었다.

'이 녀석은… 그냥 유산을 연금 식으로 나오도록 만들어야겠군.'

자신이 죽으면 사이먼이 재산을 탕진하는 건 5년도 길 것 같았다. 차라리 죽을 때까지 연금을 받는 게 사이먼에게 이득일 것 같았다.

물론 아직 죽을 생각은 없다. 건강하기도 했고 말이다.

같이 따라온 비서와 경호원들에게 취한 사이먼을 넘기고 집으로 들어온 패트릭은 서재로 들어가 불도 켜지 않고 의자에 앉았다.

집에 오기 전까지 좋던 기분이 지금은 완전 엉망이 되어버리고 말았다.

수심이 깊은 얼굴로 앉아 있던 패트릭은 도저히 이대로는 잠이 들 것 같지 않았다. 그래서 자리에서 일어나 한쪽에 놓여 있던 위스키를 들어 잔에 따르고 한입에 털어 넣었다.

알싸한 위스키 향이 코를 자극하고 화끈한 느낌이 목을 타고 넘어갔다.

다시 한 잔을 따른 패트릭이 잔을 들고 의자에 앉자 어둠 속에서 목소리가 흘러나왔다.

"아무리 건강을 찾았다고 하지만 과음은 몸에 좋지 않을 겁니다."

"누, 누구……?"

화들짝 놀라 일어선 패트릭은 목소리가 들려온 어둠을 바라봤다.

그러자 그곳에서 한 사람이 창문으로 들어오는 달빛 아래 모습을 드러냈다.

얼굴에는 호의적인 미소가 가득한 사람, 창준이었다.

창준을 확인한 패트릭의 얼굴에 반가움이 역력하다. 얼마나 반가웠는지 창준에게 두 팔을 벌리고 다가와 가볍게 끌어안을 정도였다.

"이렇게 늙은이를 놀리다니… 내가 심장마비라도 걸리면 어떻게 하려고 그러나?"

"엘릭서를 마시고 장년과 같은 몸이 됐으면서 심장마비라니 말도 안 되는 얘기예요."

"하하! 그런가? 하긴, 내가 행여나 심장마비에 걸리면 자네가 살려주겠지."

화통하게 웃으며 말하는 패트릭의 모습은 진심으로 창준을 반가워하고 있었다.

패트릭은 창준을 이끌어 마주 보고 앉으며 물었다.

"미국에는 무슨 일인가? 그것도 이 늦은 시간에 연락도 없이 말이네. 설마 관광을 온 건 아닌 것 같고……."

가볍게 농담으로 분위기를 살리려는 것 같았다. 아직 창준이 얘기도 하지 않았지만 이렇게 늦은 시간에 은밀히 찾아왔다는 건 보통 일이 아닐 거라는 생각은 할 수 있었기 때문이다.

창준은 얼굴에 미소를 지우고 곤란한 표정을 지었다. 지금부터 그가 할 얘기는 일방적으로 패트릭의 도움을 구하는 내용이니 자연스럽게 표정이 변한 것이다.

"일단 얘기가 좀 긴데, 차분히 들어주셨으면 합니다."

"늦은 시간이기는 하지만 내 체력은 거뜬하니 밤새 얘

기해도 괜찮네."

너스레를 떠는 페트릭의 모습에 슬쩍 웃어준 창준이 얘기를 시작했다.

창준이 얘기한 것은 일반 사람들은 알 수 없는 이면의 얘기였다.

세상에 초능력자와 마법사 등이 존재한다는 얘기부터 세상을 좀먹고 있는 흑마법사의 얘기까지 전부 늘어놨다.

페트릭은 창준의 얘기를 들으면 들을수록 놀라웠다. 마법사에 대한 건 영국에서 시작된 뉴스를 보기도 했고 창준을 직접적으로 만났기 때문에 받아들이기 쉬웠다.

하지만 초능력자부터 흔히 만화책에서 나오는 것처럼 빌런이라 할 수 있는 흑마법사가 있다고 하니 정신을 차릴 수가 없었다.

"음, 유전자 변형 마약이라니……. 하긴 라스베가스에서 자네의 가족을 데리고 오면서 들은 얘기와 내가 직접 수집한 자료를 보면 자네가 말한 키메라라는 존재를 만든 누군가가 있을 거라는 생각은 했네."

"사실 키메라가 세상에 위협적이기는 하지만 파국을 가져올 정도는 아니라고 생각합니다. 제가 해독약까지 만들었으니 더욱 그렇지요. 그렇지만 흑마법사는 다릅니다. 그들을 그냥 두면 유전자 변형 마약의 위기는 넘긴다고 하더라도 그 뒤에 또 어떤 나쁜 짓을 벌일지 모릅니다."

"그렇겠지. 그러면 자네가 내게 바라는 건 뭔가? 자네가 원한다면 내가 할 수 있는 일은 모두 하겠네. 대통령을 만나고 싶다면 그것도 도와주지."

미국 대통령을 만나게 해주겠다는 말은 농담이 아니었다.

미국의 선거는 어마어마한 돈이 움직인다. 그리고 이 돈은 보통 패트릭과 같은 거물급들의 주머니에서 많이 나오게 되고, 당선된 대통령은 지원 받은 만큼 그들에게 보상을 해준다.

이번 미국 대통령은 패트릭이 지원한 후보가 당선되었고, 지금까지 대통령과 돈독한 관계를 유지하고 있었다. 그러니 창준이 원한다면 조금 어렵겠지만 두 사람이 만날 수 있는 자리는 충분히 만들 수 있었다.

"그럴 필요는 없습니다. 어차피 미국 대통령도 현재 상태에 대해서 모르지는 않을 것이고, 그들도 유전자 변형 마약 및 흑마법사 때문에 골머리를 싸매고 있을 테니까요."

"그러면 어떤 도움을 바라는가?"

"이번 CDC에서 일어난 폭발 사고에 기부금을 지원하신 걸로 기억합니다."

"그랬지."

"그 기부를 한 번 더 하셨으면 좋겠습니다."

"기부? 겨우 그거면 되나?"

창준은 패트릭의 말에 어색한 미소를 지었다.

"그거면 되는데… 좀 많이 하셨으면 좋겠는데요."

"얼마나 말인가?"

"음, 기부를 결정하시고 CDC에 방문했을 때 국장이 놀라서 뛰어나올 정도… 라고 하면 어떨까요?"

어설프게 수백만 달러 정도로 CDC 국장이 놀라지는 않는다.

창준의 말대로라면 그 이상을 요구하는 것이다.

아무리 패트릭이 돈이 많다고 하더라도 당장 가용 현금이 철철 넘치는 건 아니다. 창준의 말대로라면 자산을 처분해야 하고, 당장이라도 기부를 하려면 은행에서 대출을 해야 될지도 모른다.

살짝 곤란한 표정이 되었던 패트릭은 이내 고개를 끄덕였다.

"알겠네. 하지만 자금을 만드는 데 시간이 좀 필요하기는 할 걸세. 아무래도 그 정도 되는 돈을 당장 만들 수 없으니까 말이네."

"무리한 부탁이었는데 들어주시니 감사합니다. 그리고 CDC에 꼭 직접 방문을 해주셔야 되는데, 제가 경호원으로 같이 움직였으면 합니다. 굳이 경호원이 아니라고 해도 상관은 없는데, 최소한 CDC 내부 인물을 만나는 자리에는 동행하고 싶습니다."

"그건 어려운 일이 아니지. 자네 덕분에 이렇게 살아있는데 그게 뭐 어려운 일이겠나? 같이 만날 수 있도록 조치를 취하도록 하지."

패트릭은 시원시원했다. 하지만 창준의 마음은 조금 미안했다.

아무리 패트릭이 창준 덕분에 살아남았다고 하지만 이렇게 이득이 전혀 없는 일에 수천만 달러를 소모하고 시간마저 뺏으며 어쩌면 위험할지 모르는 자리에 동행을 요청하는 것이었으니 당연했다.

그랬기에 보상을 하고 싶었다.

"대신이라고 하기는 그렇지만 저희 주식 일부를 양도해 드리도록 하지요."

"알케미의 주식을 말인가? 허, 자네가 상장이 되면 그 일부가 얼마나 큰돈이 될지 알고 하는 소린가?"

알케미가 아직 상장하지 않은 상태이기는 하지만, 앞

으로 상장을 하면 수백억 달러 규모를 넘어갈 수 있다는 게 월가의 중론이었다.

"대충 짐작은 하죠. 케이트가 설명을 해주기도 했고, 주위에서 들려오는 얘기도 들었으니까요."

"그런데 그걸 넘기겠다고? 나도 제법 배포가 크다고 생각하는데 자네 배포도 만만치 않구만. 허허!"

싫다고 말하지는 않는 걸 보니 패트릭도 만족스러워하는 것 같았다.

이제 패트릭이 기부를 하고 CDC 고위직을 만나는 자리에 참석을 할 수 있게 되었다.

일이 순조롭게 풀리면 예상한 대로 흑마법사를 잡을 수 있을 거라 생각했다.

창준은 만족스러운 미소를 지었다.

*   *   *

목걸이의 보석이 파란색이었기에 창준이 무사하다는 걸 알고 있었다.

그렇지만 케이트는 비행기 추락 사고 때부터 제대로 잠도 못 자고 있었다.

이성적으로는 창준이 무사하다는 걸 알고는 있으나 본

능은 계속 경고를 보내며 심장을 두근거리게 만들고 있었기 때문이다.

비행기 추락 사고가 일어난 지 며칠이 지난 지금도 마찬가지였다.

그 탓에 케이트의 눈 밑은 거멓게 다크서클이 짙게 자리하고 있었다.

일과 시간에는 미친 듯이 일을 하며 창준에 대한 걱정을 지우려고 했고, 그건 어느 정도 효과가 있었다.

그러나 퇴근하고 난 이후에는 자신도 모르게 비행기 추락 관련 뉴스만 보면서 온갖 정보를 받아들이고 있었다.

'이러다가 알스가 전화를 해도 내가 쓰러져서 못 받겠어.'

한숨을 내쉰 케이트는 텔레비전을 끄고 자리에서 일어났다.

아무리 잠이 안 온다고 하더라도 자려고 노력을 해봐야겠다는 생각에서였다.

그런데 그녀가 자리에서 일어나자마자 휴대폰에서 전화벨이 울렸다.

휴대폰을 확인해 보니 전화를 건 사람은 패트릭이었다.

"케이트입니다."

─오, 케이트! 그동안 연락을 자주 하지 못했는데, 잘 지내고 있었나?

"잘 지내고 있었습니다."

─야근하느라 잠도 못 자고 그러는 건 아니겠지? 사업도 좋지만 충분한 휴식을 취하는 게 좋은 거야. 너무 무리하면 건강에 나쁜 신호가 온다고.

한 번 죽다 살아났기 때문인지 언제나 건강을 우선순위로 손꼽는 패트릭이었다.

"최대한 휴식을 취하려고 하기는 합니다."

─무조건 쉬라고. 그런데 목소리가 안 좋군. 무슨 일이라도 있나?

아무리 케이트라고 해도 패트릭을 대할 때면 항상 밝은 목소리로 많은 대화를 나누곤 했다. 하지만 오늘은 목소리도 잔뜩 경직되어 있고 그나마 단답형으로 일관하고 있었다.

패트릭에게는 창준이 미국으로 간다는 걸 알리지 않았다.

일단은 창준의 미국행은 기밀에 들어가는 정보였으니 패트릭에게도 알리지 않았던 것이다.

아직 일이 어떻게 돌아가는지 모르는 상황에 패트릭에

게 창준에 대한 얘기를 할 수는 없었다.

"…아무 일도 없습니다. 단지… 회장님 말씀대로 피곤해서 그런 것 같습니다."

—쯧쯧쯧, 그러니까 쉬면서 하라니까. 그러면 좋은 소식을 전해줘야겠군. 피곤이 사라질 정도로 말이야.

"좋은… 소식이요?"

—내가 직접 말하는 것보다 당사자가 얘기하는 게 좋겠지. 잠깐만 기다리게.

그러고는 전화기를 건네주는지 잠시 침묵이 흘렀다. 그사이 케이트는 솔직히 조금 짜증이 치밀고 있었다.

지금은 창준과 관련되지 않은 일은 모두 눈에 들어오지 않고 있었는데 또 누군가를 바꿔준다니 귀찮았던 것이다.

전화를 바꾼 상대가 말하는 게 수화기를 통해 들려왔다.

—여보세요?

목소리를 들은 케이트의 피곤해 보이던 눈이 번쩍 떠지고 입술이 부들부들 떨렸다.

단 한 마디였지만 그것만으로 충분히 상대가 누군지 알아챌 수 있었다.

"아, 알스? 알스예요?"

—하하! 맞아요. 목소리가 많이 피곤해 보이는군요. 회사가 많이 바쁜가요?

목걸이의 보석이 파란색이기에 창준에게 문제가 생기지 않았을 거라고 생각은 했다.

그렇지만 확실하지 않아 걱정하고 있던 케이트였는데, 이렇게 창준의 목소리를 들으니 가슴에 있던 묵직한 것이 내려가는 걸 느낄 수 있었다. 그러면서 자신도 모르게 눈물이 흘러내렸다.

"알스, 흑……."

—어? 케, 케이트? 혹시 지금 우는 거예요? 왜 그래요?

당황한 창준의 목소리가 수화기를 통해서 전해졌다.

평소 이렇게 허둥거리는 모습을 보이지 않던 창준이기에 케이트는 그의 목소리를 들으며 눈에서는 계속 눈물이 흐르고 있었지만 입가에는 살짝 미소가 걸렸다.

"…분명 파란색이었는데… 혹시나 해서……."

—미안… 해요. 바로 연락을 하고 싶었는데 구조대가 올 때까지 승객들 보호해 주느라 연락이 늦었어요.

"아니에요. 당신이 무사하기만 하면 저는 괜찮아요. 그런데 지금 회장님과 같이 계시는 건가요?"

—조금 도움을 받을 일이 있어서 찾아왔어요. 정말 괜찮은 거죠?

창준의 미안해하는 목소리를 들으니 웃음이 나왔다.

방금 전까지 걱정하던 마음은 이미 사라진 지 오래였다.

잠시 서로의 안부를 물으며 마음 졸이던 걸 해소하던 케이트는 문득 생각난 것처럼 말했다.

"그런데 국정원에서 알스의 위치와 안전에 대해서 연락이 왔었어요."

—뭐… 당연히 그랬겠죠.

창준은 국정원에서도 보호해야 될 중요한 인물에 들어간다. 유전자 변형 마약의 해독약을 만들었다는 것 때문만은 아니었다.

창준이 만든 알케미는 영국에 적을 두고 있는 법인이고 곧 나올 포션 역시 영국에 법인을 둔 회사로 만들려고 하고 있다.

그가 영국에 법인을 만든 이유가 국내 회사가 독점적 지위를 놓지 않으려는 야료를 부렸기 때문이라는 사실까지 알아낸 상태였다.

지금까지는 영국에 법인을 만들고 있기는 하나, 앞으로 국가에서 창준에게 유리하도록 혜택을 주며 경쟁 회사의 불법적이거나 더러운 수법에 당하지 않도록 방어를 해주면 언제든지 다시 한국으로 알케미의 법인을 옮겨오

거나 새로 만들 회사의 법인은 한국으로 할 수 있다고 결론을 내리고 있었다.

국정원은 물론이고 다른 국가 부서에서도 창준의 안위와 앞으로 알케미의 행보에 귀추가 주목되는 상황이었는데, 그런 창준이 행방불명 중이니 안달이 난 건 당연하다고 할 수 있었다.

"어떻게 할까요?"

—흠, 일단 정선 씨에게 직접 제가 안전하다는 것과 정해진 일정에 따르지 않고 독자적으로 움직이겠다고 해주세요. 그리고 이 사실은 국정원장에게만 전하도록 하고요.

지금까지 살펴본 결과, 국정원의 다른 사람은 모르지만 정선과 국정원장은 흑마법사와 관계가 없는 사람들이었고 무엇보다 한국의 미래를 걱정하는 사람이기도 했다. 업무적으로는 제법 믿을 수 있는 사람들이란 얘기였다.

창준이 홀로 움직이는 것에 불만이 있을 수는 있지만, 이번 비행기 추락사건 때문에 알아서 납득할 것이다.

납득하지 못하더라도 창준과 직접적인 연락을 하지 못하는 상황에서 그들이 할 수 있는 건 없기도 했다.

직접 정선과 연락을 해도 되지만, 연락이 되면 정선이

할 얘기는 둘 중 하나일 것이다.

한국으로 돌아오든지, 아니면 정해진 일정을 소화하라는 얘기.

창준은 두 가지 모두 받아들일 생각이 없었다. 마음 같아서는 한국으로 돌아가고 싶지만, 흑마법사들이 뭔가 심각한 것을 준비하고 있다는 걸 알면서도 가만히 있을 수는 없었다.

"알겠어요. 그렇게 전하도록 할게요."

―고마워요. 그럼 나중에 또 연락할게요.

"아! 저기……"

―네? 왜요?

잠시 망설이던 케이트가 이내 조심스럽게 말했다.

"될 수 있으면 연락 좀 자주 해주세요. 더… 걱정하지 않도록요."

비록 화면으로 얼굴이 보이는 화상전화는 아니었으나 케이트의 얼굴이 절로 그려지는지 수화기를 통해 창준의 웃음소리가 들려왔다. 덕분에 케이트의 얼굴이 새빨갛게 달아올랐다.

―알겠어요. 최대한 연락 자주 할게요.

두 사람은 잠시 대화를 나눈 이후 전화를 끊었다.

전화를 끊고 나니 갑자기 엄청 졸리기 시작했다.

얼마나 피곤한지 어깨가 축 늘어질 정도였다. 아무래도 창준이 무사한 걸 확인해서인지 느끼지 못하던 피곤함이 한 번에 밀려온 것 같았다.

침대에 누운 케이트는 안도의 한숨을 내쉬었다.

'아무래도 내일은 출근 시간을 맞추지 못하겠는데……'

생각을 끝내기도 전에 잠에 빠져든 케이트였다.

그래도 상관없었다. 이제 창준이 무사하다는 걸 알게 되었으니까 말이다.

케이트는 얼굴에 미소를 띤 상태로 깊이 잠들고 말았다.

*　　　*　　　*

"대체 어떻게 된 거요? 구조한 승객들의 증언을 들어 봤을 때는 살아남은 게 확실한데, 왜 연락이 없는 거요?"

해리 부국장은 잔뜩 짜증스러운 목소리로 송화기에 대고 소리쳤다.

─그걸 우리가 어떻게 안단 말입니까? 우리가 일부러 정보를 은폐하는 것 같습니까?

수화기 반대편에서 국정원장이 소리를 치는 소리도 들

렸다.

"그건 모르는 일이지. 애초에 당신들이 제공한 해독약을 실험하다가 문제가 발생한 것이지 않소. 우리 몰래 무슨 수작을 부리는 거요?"

―수작이라니요! 한국과 미국은 동맹관계입니다! 우리가 수작을 부려서 얻을 수 있는 게 뭐가 있겠습니까? 그리고 해독약은 중국에도 똑같이 제공되었습니다. 아니, 영국도 있습니다. 두 나라에서는 아무런 문제가 일어나지 않았는데 미국에서만 문제가 일어난 것 아닙니까!

"그러면 우리에게 문제가 있다는 말이오?"

―최소한 확인해 보기를 바라는 겁니다, 확인을! 무조건 자국에 문제가 없다고 해독약을 만든 사람을 초청하길 바란 건 그쪽 아닙니까! 나라의 중요한 요인을 보냈으면 안전을 책임지셨어야지, 제대로 안전하게 보호하지도 못했으면서 우리에게 모든 일의 책임을 묻는 것입니까?

해리 부국장의 고함에 국정원장도 길길이 소리치고 있었다.

이전에는 이렇게 강하게 소리치지 못한 국정원장이었지만, 창준이 사라지고 난 이후 비상이 발동된 상황이라 국정원도 난리가 아니었다. 자국의 중요한 인물이 사라졌으니 당연한 일이었다.

그런데 CIA 최종 담당자인 해리 부국장이 모든 잘못을 국정원에 있다는 듯이 나오니 국정원장의 입장에서도 가만히 받아줄 수 없는 노릇이었다.

CIA에서 요청해서 요인을 보냈고 현재는 실종 상태인데 비행기 추락에 대한 책임까지 받아들일 수 없는 일이었다.

해리 부국장의 얼굴이 일그러졌다. 전에는 감히 보이지 못한 모습을 보이는 국정원장의 행태도 짜증 났고, 어디론가 숨어버린 창준을 찾지 못하는 현 상황도 기분 나쁘게 만들었다.

"지금 국정원장이 말씀하시는 내용을 국정원의 공식적인 태도로 봐도 되는 것이오?"

이건 CIA에서 자주 하던 협박이다. 전에는 이렇게 얘기하면 바로 꼬랑지를 내리기 바쁜 국정원이었다.

하지만 국정원장의 대답은 해리 부국장의 생각과 달랐다.

─그렇게 생각하시려면 마음대로 하십시오. 대신 우리도 공식적으로 요인 보호에 실패한 책임을 CIA에 묻겠습니다.

"…지금 한번 해보겠다는 거요?"

─시작은 부국장님이 먼저 하신 것 같은데요.

해리 부국장은 어금니를 꽉 깨물었다. 마음 같아서는 항의하든 말든 마음대로 하라고 하고 무조건 뒤집어씌우고 싶었다.

하지만 자신이 생각해도 윗선으로 올라가면 자신에게 질책이 떨어질 건 자명했다.

"후우, 좋소. 내가 좀 흥분한 것 같소. 사과하도록 하지."

―…사과를 받아들이겠습니다.

사과 같지도 않은 사과지만 이 정도라도 받은 게 다행이었다.

그리고 이것으로 비행기 추락에 관련한 책임은 더 이상 국정원으로 넘어오지 않을 것이다.

"일단 중요한 것에 집중합시다. 우리는 당신들이 보낸 미스터 킴이 필요하오."

―그건 알고 있습니다.

"그쪽도 현재 미스터 킴이 어디에 있는지 모르고 연락이 안 되고 있다고 하니 믿도록 하겠소. 하지만 그에게 연락이 오면 우리에게 바로 정보를 공유해 주기를 요청하오."

―당연한 얘기입니다. 대신 혹시나 그가 미국에 있을 수 있으니 그의 위치를 찾게 된다면 우리에게 알려주시

길 바랍니다.

"알겠소."

전화를 끊은 해리 부국장은 주먹을 불끈 쥐고 책상을 내려치려다 말았다.

아무리 혼자 있다고 하지만, 책상을 내려치는 소리에 사람들이 들어오면 자신만 스스로 절제하지 못한다는 인상을 줄 뿐이다.

주먹을 살포시 책상에 올려놓은 해리 부국장은 한숨을 내쉬었다.

'일이 꼬이는군.'

해리 부국장이 화가 나는 근본적인 이유는 창준의 위치를 찾지 못하고 있다는 것이었다. 그런데 더 짜증스러운 사실은 국정원이 창준과 연락을 하고 있다는 건 알고 있다는 사실이다.

창준이 한국에서 중요한 요인으로 취급을 받는다는 건 잘 알고 있다.

일반적인 대기업 사장이나 회장도 중요인물에 들어가는데, 요즘 세상을 가장 놀라게 한 클린-1과 포션을 만든 사람이니 당연했다.

그런데 이렇게 중요한 사람이 실종되었는데도 국정원이 보이는 태도는 조금 미묘했다.

국정원이 비상이 아니라는 말은 아니다.

분명 비상상태이기는 한데 정말 중요한 사람이 없어졌을 때 보이는 절박함이라거나 조급함이 보이지를 않았다.

마치 창준이 안전하다는 걸 알고 있는 것처럼.

물론 이것은 모두 정황 증거일 뿐이다. 확실한 정보가 있는 것도, 증거가 있는 것도 아니다. 그래서 방금 전처럼 국정원장이 강하게 나와도 할 말이 없었던 것이다. 만약 증거가 있었다면 그걸 엮어서 이번에 일어난 모든 책임을 국정원과 창준에게 떠넘기는 게 가능했을 텐데, 안타까운 일이었다.

'그랬으면 마스터가 말씀하신 시간 끄는 일은 끝났을지도 모르는데 말이야.'

해리 부국장의 목표는 창준을 처리하는 것이다. 하지만 궁극적인 목표는 마스터가 준비하시는 일에 지장이 가지 않도록 시간이 끄는 것이기도 했다.

창준을 처리하지 못한 것이 아쉽기는 하지만 그가 미국으로 오지 않고 한국에 남아 있다면 마스터의 지시를 훌륭히 마무리할 수 있다는 점에서 만족스러운 성과를 얻을 수 있었을 것이다.

'그렇다면 이놈은 지금 어디에 있을까? 한국? 미국?'

미국으로 들어오려는 상황에 이런 일이 벌어졌고, 비행기가 추락한 위치를 생각하면 한국으로 돌아갔을 확률이 더 높았다. 국정원에서는 다시 한 번 무리하게 미국의 비위를 맞추기 위해 요인을 타국으로 보내는 것에 보수적인 입장이 되었다고 생각하면 대충 이야기는 맞아들어간다.

창준의 위치를 드러내면 다시 미국으로 보내기를 요청할 수 있으니 조직적으로 창준의 위치를 은폐하고 있다고 말이다.

그러나 이 모든 건 추측이었다. 해리 부국장은 추측보다는 증거가 필요했다. 행여나 창준이 미국으로 은밀히 들어와 그들이 모르는 사이에 수작을 부리고 있을 수도 있었다.

'미국 내에 창준이 숨어 있는지 더욱 강하게 수색을 명해야겠군.'

해리 부국장이 할 수 있는 건 이 정도가 전부였다.

짜증스럽기는 하지만 어쩔 수 없다는 생각과 창준이 미국 내에 숨어들어 왔다면 언젠가는 모습을 드러낼 거라고 판단을 내릴 수밖에 없었으니까.

짜증스러운 마음을 털어낸 해리 부국장은 의자에 몸을 묻으며 사무실에 있는 텔레비전의 전원을 켰다. 이제 곧 시작하려는 레드삭스 경기를 보면서 마음을 추스를 생각이다.

그런데 텔레비전을 틀자 뉴스가 나오고 있었는데, 그곳에서는 자신과도 안면이 있는 사람이 기자회견을 하고 있었다.

'패트릭 회장? 병을 고친 이후로 제법 바쁘게 산다고 들었는데… 무슨 기자회견을 하려는 거지?'

패트릭은 미국 내에서는 물론이고 세계적으로 손꼽히는 부자이기도 하면서 명망이 높은 사업가였기에 CIA에서도 주목하는 인물 중의 하나였다.

텔레비전에서는 패트릭이 근래 발생한 CDC 폭발 사고와 비행기 추락 사고에 대하여 애도와 안타까움을 토하는 것이 시작되었다.

그리고 이어진 그의 발언은 해리 부국장도 꽤 흥미가 있었다.

―…하여 저를 비롯한 리치사의 임원진은 연이은 안좋은 사건들이 빠르게 수습되기를 바라며 저희가 할 수 있는 일을 하려고 합니다. 저희는 불미스러운 사건이 일어난 CDC와 항공국에 가슴 아픈 일이 다시 발생하지 않기를 바라는 마음으로 지원금을 기부하려고 하고, 이번 일로 사망한 사망자 및 유족들에게도 기부금을 지원할

생각입니다. 기부금은 모두 합쳐 약 1억 불 정도를 생각하고 있으며……

"1억 불?"

해리 부국장은 흥미롭다는 눈으로 텔레비전에서 발표를 하는 패트릭을 바라봤다.

1억 불이라는 돈은 미국 정부의 입장에서 보면 대세에 영향을 미칠 만큼 큰돈은 아니다.

하지만 그렇다고 절대 작은 돈도 아니었고, 명망이 높은 패트릭이 앞장서서 지원을 하는 만큼 앞으로 다른 기업들, 국민들의 성금이 추가적으로 모일 가능성이 높았다.

'하여간 돈은 엄청 많은 사람이라니까.'

해리 부국장이 생각한 건 딱 이 정도까지였다. 어차피 그에게 들어오는 돈도 아니었고 CIA와는 전혀 상관 없는 곳으로 들어가는 돈이다.

그저 부자들이 세금을 맞기 전에 감세하기 위해 기부하는 걸로 치부하면 끝나는 일이었다.

관심이 끊긴 해리 부국장은 야구를 방영하는 채널로 돌렸다.

잠깐 흥미롭기는 했지만, 크게 관심을 둘 필요는 없는 뉴스였기에 패트릭을 제외하고 다른 사람은 기억에 남지도 않았다.

특히 화면 끝자락에 보인 건장한 백인 남성은 특별하게 보이는 구석도 없었고 전형적인 경호원의 이미지였기에 어디에 관계된 사람인지도 몰랐다.

해리 부국장도 마법 중에 모습을 바꾸는 것이 있다는 건 알고 있었다.

하지만 동양인이 서양인으로 골격부터 바뀌는 마법은 7서클에서나 가능한 일이다.

그러니 화면에 동양인이 없어서 아무런 관심도 안 두었던 것이기도 하다.

그 백인 남성이 창준이 모습을 바꾼 결과라는 걸 알려줄 사람은 아무도 없었다.

＊　　　＊　　　＊

기자들이 터뜨리는 플래시세례를 받으며 기자회견을 마친 패트릭은 천천히 단상에서 내려왔다.

그가 단상에서 내려오자마자 경호원들이 그의 주위를 경계했고, 패트릭을 수행하는 비서를 제외하고는 누구도 다가오지 못하도록 막았다.

그런데 경호원으로 보이면서도 다른 경호원과 달리 비

서처럼 패트릭의 옆에 붙어 있는 사람 하나가 있었다.

몰려드는 기자들을 막으며 회장을 빠져나가는 패트릭과 비서, 경호원 하나를 본 다른 경호원이 불만 어린 목소리를 냈다.

"젠장! 저 신입은 뭔데 이런 난리통에 손 하나라도 돕지 않고 회장님하고 같이 나가?"

그러자 옆에 있는 경호원 동료가 그의 말을 받았다.

"나도 그게 궁금하다. 단기 근접 경호원이라니… 그게 대체 뭔데? 애초에 우리는 근접 경호원을 할 자격이 없다는 말이야? 느닷없이 들어온 녀석이 가장 중요한 자리를 차지하다니……."

"내 말이 바로 그거야. 나도 경력을 얘기하면 어디 가도 꿀리지 않거든."

"나는 델타포스 출신이라고."

"그게 뭐라고. 나는 NSA가 마지막으로 근무하던 곳이거든."

패트릭과 비서, 경호원은 이미 자리를 떠난 지 오래였는데, 남아 있는 경호원들은 서로 자기가 더 잘났다고 말싸움이 붙었다.

새로 들어온 근접 경호원을 질투하게 되는 건 비단 기존 경호원들만이 아니었다.

호텔 앞에 대기하고 있던 리무진에 도착한 패트릭은 근접 경호원이 문을 열자 안으로 타면서 자신을 따라 같이 타려고 하는 남자 비서에게 말했다.

"굳이 따라올 필요 없네."

"…네?"

"이제 집으로 가려고 하니까 자네도 정리하고 퇴근하든지 하게. 에릭 자네는 근접 경호원이니까 같이 타야지."

약간 멍청하게 대답하는 비서를 두고 문을 연 에릭이라는 이름의 경호원이 리무진에 타고 문을 닫자 차량은 천천히 호텔을 빠져나가기 시작했다.

홀로 남은 비서의 얼굴이 일그러졌다.

"…대체 저 경호원은 뭔데 같이 움직이는 거야? 지금까지 회장님과 같이 움직이던 사람은 나였는데. 후우, 겨우 프로시아 고것이 사라져서 다행이라고 생각했더니 애먼 놈이 나타났네."

이전 패트릭의 비서이던 케이트는 거의 패트릭의 대변인 역할을 했다고 할 수 있을 정도로 파워가 막강했다.

그런 케이트가 사라지고 그녀의 자리를 차지해서 향후 케이트와 같은 위치에 가려던 남자 비서였는데, 새로 들어온 경호원에게 밀린 느낌이라 기분이 상한 것이다.

하지만 그 역시 아무리 떠들어도 들어줄 사람은 멀리 떠나고 없었다.

＊　　　＊　　　＊

베버리힐즈에 있는 집으로 향하는 리무진 안에서 패트릭은 버튼 하나를 눌렀다.

그러자 운전석 사이에 있던 창문이 닫혔다. 단순히 플라스틱처럼 보이는 얇은 벽 하나가 막은 것처럼 보이지만, 이것만으로 운전석에서는 좌석에서 하는 말이 하나도 들리지 않을 것이다.

"이 정도면 되겠나?"

패트릭의 물음에 에릭, 아니, 백인으로 모습을 변장한 창준이 대답했다.

"이 정도면 애틀랜타에서 CDC 고위직을 만날 수 있습니까?"

"충분하지. 원래 CDC가 연구만 하던 곳이기도 하고 전염병과 같은 것들이 생기지 않는 이상 생각보다 기부금을 받는 일이 별로 없는 곳이네. 그러니 내가 방문한다고 하면 신발도 신지 못하고 달려나올 걸세."

"그러면 충분합니다."

창준은 희미하게 웃었다. 그리고 고개를 돌리다가 창문에 비친 자신의 모습을 보고는 어색해했다. 아무리 자신이 변장한 거지만 백인이 된 자신의 모습이 너무 낯설었기 때문이다.

창준은 자신에게 트랜스포메이션(Transformation)이라는 7서클 마법을 사용한 상태였다.

이전에도 모습을 바꾸는 마법이 있기는 했지만 트랜스포메이션 마법은 단순히 모습을 살짝 바꾸는 수준이 아니라 종족 자체를 바꿀 수 있다.

한마디로 이 마법은 창준이 원하면 호랑이나 곰과 같은 동물로도 변할 수 있고, 그 동물이 갖는 힘까지도 사용이 가능한 고위 마법이었다.

그러니 지금처럼 백인으로 변신하는 건 사실 아무것도 아니었다.

잠시 창밖을 바라보던 창준이 물었다.

"근데 비서를 그대로 두고 가도 되는 겁니까? 아까 보니까 조금 당황한 눈치던데요."

그러자 패트릭은 오히려 코웃음을 쳤다.

"흥! 그 녀석은 주제도 모르고 그런 태도를 보이는 거야. 이전부터 눈치는 채고 있었는데 케이트가 없으니 이제 자기가 그 자리를 차지하려고 발악하더군."

"왜, 별로 마음에 들지 않는 사람인가 봐요?"

"마음에 들고 들지 않고의 문제가 아니야. 케이트처럼 일 처리를 깔끔하게 해주면 자기가 발악을 하지 않아도 알아서 믿어주겠지. 하지만 이 녀석은 무능해. 문제는 그걸 자기가 모르고 있다는 거고."

"무능해요? 그러면 왜 비서를 맡겼어요?"

"케이트가 비서를 하고 있을 때는 그 밑에서 수행하고 있었으니 그나마 똑똑한 놈인 줄 알았던 거지. 근데 케이트의 자리를 주니 이제야 보이더군. 그나마 그전에 괜찮아 보인 게 모두 케이트가 중간에서 컨트롤을 잘해준 것 때문이었어."

"아, 그렇군요."

어쩐지 패트릭의 입에서 곤란한 소리가 나올 것 같아 얼른 말을 마무리하려는데 그걸 눈치챘는지 패트릭이 묘한 눈으로 창준을 보며 말했다.

"유능한 녀석이라 나중에 내가 죽으면 리치사의 중역 한 자리는 차지할 녀석이었는데 어디서 나타났는지 한 놈팡이가 그 예쁜 녀석을 냉큼 낚아채서 가버리더군. 덕분에 유능한 인재 하나를 허공에 날려 버렸다니까."

"하하!"

어색하게 웃으며 시선을 회피하는 창준을 보고 패트릭

이 흐뭇하게 미소를 지었다.

"케이트에게는 잘해주고 있겠지?"

"최대한 그러려고 하는데…….'

"잘 대해주게. 나한테는 딸이나 다름없는 녀석이야. 감정 표현에 조금 서투른 감은 있지만 그래도 속이 깊은 녀석이라 자기가 좋아하는 사람에게는 정말 잘할 거라네."

"알고 있습니다. 저한테는… 과분한 여자죠."

"알면 잘하라고. 나중에 케이트가 울면 내가 무덤에서라도 뛰쳐나가 혼내줄 테니까."

짐짓 호통을 치는 패트릭의 모습은 누가 보더라도 케이트의 친할아버지 같은 모습이었다.

그런 패트릭의 모습이 가식이 아니라는 걸 알고 있는 창준이다.

실제로 케이트 역시 패트릭을 단순히 자신이 수행해야 할 상사가 아니라 거의 친할아버지처럼 애틋하게 생각하는 것도 알고 있었다.

"모든 일이 끝나면… 세상에서 제일 행복하게 해주고 싶은 사람입니다. 그러니 걱정하지 마세요."

"흥! 위험한 일을 하면서 걱정이나 끼치는 주제에… 죽지나 말어. 죽더라도 내가 죽으면 죽든가."

패트릭은 앞으로 20년은 더 살지도 모른다는 병원의 진단을 받은 상태였다.

그러니 그가 한 말은 창준에게 절대 죽지 말라는 소리였다.

뭔가 푸근한 느낌에 창준은 미소를 지었다.

그러는 사이 리무진은 어느새 베버리힐즈에 있는 패트릭의 집으로 들어서고 있었다.

그런데 무슨 일이 있는지 패트릭과 함께 집으로 들어가니 요란한 소리와 함께 누군가의 고성이 들리고 있었다.

"아버지 어디에 계시냐고!"

"방금 기자회견을 하셨으니 이제 곧 오실……."

"이미 돌아오실 시간이 지났잖아! 거짓말하지 말고 사실대로 말하지 못해! 젠장할! 여기에 사실을 말하는 새끼가 하나도 없어!"

창준은 한국 아침 드라마에서나 나올 법한 대사를 진심을 담아 외치는 소리에 어안이 벙벙해졌다.

미국이나 유럽에서는 아무리 부자라고 하더라도 도가 지나치게 고용인을 모욕하면 큰 문제가 발생하고는 한다.

물론 돈이 많으니 유야무야 묻히는 경우도 종종 있기

는 하나 작정하고 난리를 피우면 곤란해질 수밖에 없었다.

그런데도 이런 식으로 행동하고 있으니 창준이 당황하는 건 당연했다.

창준의 뒤를 따라 들어오던 패트릭의 얼굴이 고성을 듣자마자 와락 일그러졌다. 엄청 화가 났는지 이제는 노인이라고 불러야 할 패트릭이 성큼성큼 안으로 들어갔다.

집 안에서는 경호원과 고용인들에게 사이먼이 난리를 치고 있었다.

술을 얼마나 마셨는지 얼굴은 붉게 달아올라 있고 심지어 고함을 지르는 와중에 비틀거리기까지 했다.

패트릭은 그런 사이먼을 보자마자 고성을 내질렀다.

"대체 여기서 뭐 하고 있는 짓이냐!"

쩌렁쩌렁 울리는 패트릭의 고함에 사이먼이 그를 바라보더니 잔뜩 화가 난 기세로 다가오며 소리쳤다.

"아버지! 대체 무슨 짓을 하시는 거예요?"

"너야말로 무슨 짓이냐! 누가 이곳에 와서 일을 하는 사람들에게 이런 짓거리를 하라고 했어! 당장 사과하지 못하겠느냐!"

얼굴에 피가 몰려 벌겋게 달아오르는 패트릭의 모습이

보이지도 않는지 사이먼은 귓등으로도 듣지 않고 도리어 소리쳤다.

"그딴 건 상관도 없어요! 그것보다 1억 불이나 기부를 하다니 그게 무슨 말이냐고요! 그런 돈이 있으면 차라리 저한테 줘야 하잖아요!"

"지금까지 너한테 준 돈이 적었더냐? 그 많은 돈을 모두 휴지조각으로 만들었으면서 돈을 더 달라는 말이 나와?"

"자금만 풍부하면 얼마든지 아버지처럼 수익을 얻을 수 있어요!"

패트릭은 이제 사이먼이 정말로 아무런 답이 나오지 않는 상태라는 걸 다시금 깨달을 수 있었다. 무작정 자금만 있으면 수익을 얻는다니.

1억 불이 많은 돈이라고는 하나 주식시장에서 1억 불이 없어지는 건 심심치 않게 일어나는 일이라는 걸 사이먼은 아직도 모르는 모양이었다.

"그런 정신으로는 네가 무엇을 하든 제대로 결과를 내는 것은 없을 것이다. 꼴도 보기 싫으니 가거라."

"아버지!"

"네가 계속 이런 식으로 나오면… 내 유언장에서 네가 가져갈 재산이 얼마나 줄어들게 될지 직접 경험하게 될 것이다."

냉정하게 말하는 패트릭을 이를 악물고 노려보던 사이
먼은 이내 몸을 돌려 비틀거리는 걸음으로 집을 나가기
시작했다.

밖으로 나가던 사이먼은 멀뚱히 서서 자신을 바라보는
창준을 보고는 얼굴을 일그러뜨리더니 누가 봐도 일부로
그러는 게 빤히 보이는 몸놀림으로 창준의 어깨에 자신
의 어깨를 강하게 들이받았다.

이건 사이먼의 실수였다. 인간의 한계를 아득하게 벗
어난 창준에게 부딪친 건 바위와 부딪친 것에 비교할 수
없을 정도였기 때문이다.

거기다가 철없는 사이먼의 행동에 창준은 살짝 마나를
움직여 반사력까지 키웠다.

쿵!

"어억!"

창준과 부딪친 사이먼이 거의 3미터는 튕겨져 날아가
바닥을 굴렀다.

그가 죽을 만큼 힘을 사용한 것은 아니었기에 뼈가 부
러지는 수준의 불상사는 일어나지 않았지만, 아마도 일
주일은 족히 온몸이 뻐근할 것이 분명했다.

죽겠다고 비명을 지르며 버둥거리는 사이먼과 어깨를

으쓱하고 있는 창준을 보고 대충 짐작이 간 패트릭은 고개를 저으며 다른 경호원에게 사이먼을 부탁했다.

사이먼이 경호원의 부축을 받으며 집을 나간 이후 패트릭은 사이먼에게 모욕을 당한 경호원과 고용인들에게 일일이 미안하다고 말했다.

그리고 난 이후 지친 얼굴로 소파에 몸을 묻은 패트릭의 얼굴은 순식간에 10년은 더 늙은 것처럼 보였다.

"꼴사나운 모습을 보여줘서 미안하군."

"흥미진진하던데요. 드라마에서나 보던 장면을 실제로 보니 박력이 대단했습니다."

눈을 반짝이며 말하는 창준의 모습에 패트릭은 작게 실소를 터뜨렸다.

아마 이런 말을 창준이 아닌 다른 사람이 했다면 가만 있지 않았을 것이다. 하지만 창준에게는 엄청나게 관대해지는 패트릭이었다.

"하나밖에 없는 자식이 저런 꼴이라니… 쯧쯧."

"많이 곤란한 것 같더군요. 원래 저런 사람이었습니까?"

"후우, 원래부터 그런 사람이 얼마나 되겠나? 자네 나이 정도 됐을 때는 정말 영특한 아이였는데… 언제부턴지 사람이 바뀐 것처럼 향락에 젖어서 살더군."

"걱정 많이 되시겠네요."

사실 얘기는 하고 있으나 전혀 관심이 없기도 했다.

'세상 어느 나라에서든 돈이 많은 집안의 자식은 타락하고 안하무인이라는 설정은 있어도… 실제로 눈앞에서 본 건 처음이야.'

그의 관심은 딱 이 정도였다. 패트릭의 친아들이기는 하나 앞으로도 사이먼과 엮이게 될 일은 없을 예정이니까.

패트릭의 얼굴에는 오만 가지 상념이 떠올라 있었다.

아직까지도 철없이 이런 짓이나 하고 다니는 사이먼에 대한 분노와 짜증이 대부분이었다.

하지만 그것뿐만이 아니라 안쓰러움과 죄책감 같은 감정까지도 섞여 있었다.

아들이 이런 모습이 된 것은 자신의 지도가 잘못되었기 때문이라는 생각이 있기 때문이다.

창준은 잠시 그런 패트릭의 모습을 바라보다가 생각했다.

'뭐… 애프터서비스 같은 개념이라고 생각하고 조금 도와줘 볼까?'

패트릭은 지금까지 창준에게 꽤 여러 번 도움이 되어 줬다.

비록 그것이 자신의 목숨을 살려준 대가에 비하면 아무것도 아니라고 생각하고 있는 것 같기는 했으나, 창준에게 가장 소중한 사람인 가족의 안위까지 보살펴 줬기에 고마운 마음이 강했다.

한 사람의 행동과 가치관을 바꾸는 일은 절대 쉬운 일이 아니다. 그렇지만 불가능한 얘기도 아니었다.

과거 아스란의 마법사들은 사이먼과 같이 천둥벌거숭이 같은 사람을 꽤 효과적으로 지도했다.

물론 그 지도라는 것에 대단히 강압적인 방법도 포함되기는 했으나 어쨌든 손가락질 받던 사람을 사람답게 만드는 일에 능숙했다.

'지금은 시간이 없으니 당장은 할 수 없겠지만, 모든 일이 끝나면 사람 하나 만들어보도록 하지, 뭐. 쓸 만한 사람으로 바뀌면 내가 직원으로 좀 써먹어도 되고.'

직접 물어본 것은 아니지만 아마도 패트릭도 사이먼이 사람답게 변하면 좋아할 것이다.

그렇다고 지금 당장 이런 생각을 얘기할 필요는 없었다.

시간이 많이 걸리는 일이기도 했고 앞으로 어떤 일이 벌어질지도 모르기 때문이다.

창준이 이런 생각을 하고 있을 때, 패트릭이 창준에게

물었다.

"그러면 애틀랜타로 가면 되는 건가?"

"CDC와 연락은 되셨어요?"

"그거야 어려운 일도 아니고, 먼저 애틀랜타에 도착해서 일정을 소화하고 있으면 그쪽에서 먼저 연락이 올 거라 생각하네. 아니면 내가 먼저 해도 되고."

"그래도 되나요? 혹시나 싶어서……."

"내가 자금을 얻으려는 것도 아니고 기부를 하는 것이니 CDC의 입장에서도 이번 기회에 언론에 얼굴도장이라도 찍고 싶어 할 거라고 생각하네. 예외는 아마 없을 거야. 다른 나라는 몰라도 미국에서는 이런 기회에 얼굴 알리는 걸 기회로 생각하니까."

패트릭이 확신을 담아서 얘기하니 더 이상 할 얘기가 없었다.

'그러면 이제 흑마법사의 꼬리를 잡을 시간이 다가온다는 얘기가 되겠군.'

지금까지는 항상 다가오는 흑마법사의 암수에 당하는 입장이었다. 하지만 이제는 그가 따라가는 위치가 되었다.

흑마법사의 정점에 있는 놈이 얼마나 강한 힘을 가지고 있는지 모르기에 불안한 감은 있지만 그에게는 보험이 있었다. 그 보험이라면 최소한 지지는 않을 것 같다는 생각이 들었다.

　이제 반격의 시간이었다.

　　　　　　　　　『알케미스트』 12권에 계속…

초대형 24시 만화방

신간 100%, 샤워실, 흡연실, 수면실(침대석), 커플석, 세탁기 완비

■ 강북 노원역점 ■

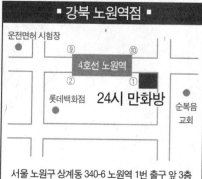

서울 노원구 상계동 340-6 노원역 1번 출구 앞 3층
02) 951-8324 (화용빌딩 3층)

■ 일산 정발산역점 ■

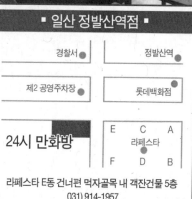

라페스타 E동 건너편 먹자골목 내 객잔건물 5층
031) 914-1957

■ 일산 화정역점 ■

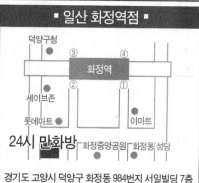

경기도 고양시 덕양구 화정동 984번지 서일빌딩 7층
031) 979-4874 (서일사우나 건물 7층)

■ 부천 역곡역점 ■

역곡남부역 기업은행 건물 3층
032) 665-5525

■ 부평역점 ■

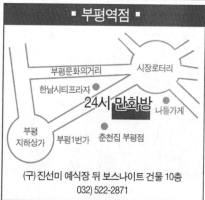

(구) 진선미 예식장 뒤 보스나이트 건물 10층
032) 522-2871

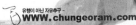

박선우 장편소설
FUSION FANTASTIC STORY

Wonderful
Life

멋진 인생

태어나며 손에 쥔 것이라고는 가난뿐.

그러나 내게는 온몸을 불사를 열정과
목숨처럼 소중한 사랑이 있었다.

『멋진 인생』

모두가 우러러보는 최고의 직장이자 가장 치열한 전쟁터,
천하그룹!

승진에 삶을 바친 야수들의 세계에서 우뚝 서게 되는
박강호의 치열하지만 낭만적인 이야기!